여성동아
문우회
앤솔러지

별
사
이
를
산
책
하
기

숨 소리 : 02

별
사
이
를
산
책
하
기

여성동아
문우회
앤솔러지

숨쉬는
책공장

차례

들어가는 말

30년 전 휴가지에서 무라카미 하루키의 《노르웨이의 숲》을 읽었다. 한 문장을 반복해서 읽고 있던 바로 그때 유성이 여름밤 하늘을 가르듯 나의 머릿속을 가로지른 생각이 있었다. '이렇게 멋진 생각을 하는 남자처럼 쓰고 싶다. 그럼 한번 써 볼까?' 그렇게 작정한 순간 내 안의 심지에 불꽃이 확 당겨지는 기분이었다. 오로지 무라카미 하루키 때문에 소설을 써 볼 생각을 한 후 나는 작가가 되었고 그때부터 선생님들과의 인연이 시작되었다. '여성동아 문우회'의 일원이 된 나는 미친 듯이 썼다고는 할 수 없지만, 선생님들 덕분에 즐겁게 산책하듯 글을 썼다.

여성동아 문우회의 구심점이었던 박완서 선생님 생전에는 비교적 자주, 모였고, 작품집도 냈다. 선생님이 돌아가신 이후에는 사정이 허락하는 대로 여성동아 문우회 작품집을 냈고 점점 기회도 모임의 횟수도 줄어들었다.

시간이 허락한 것인지 연이 닿은 덕인지 전 세계를 강타한 바이러스로 몇 년의 시간을 보낸 후 드디어 작품집을 내게 되었다. 사명감 넘치는 열혈 총무, 조양희 선생님과 숨쉬는책공장 덕에 각자의 마음에 품은 갈망과 기대가 여섯 편의 이야기로 세상에 나오게 된 것이다.

작가는 가슴에 자신만의 작은 우주를 가지고 있다. 하루에도 수없이 그 안에서 많은 생각의 별이 뜨고 진다. 어떤 날은 오래도록 눈부신 광채의 순간을 경험하기도 한다. 그러나 그렇지 않은 날이 더 많다. 노트북을 마주하고 앉아서 자기만의 우주에 빠져 있는 작가의 뒷모습은 먼, 미지의 우주를 항해하는 보이저 1호의 뒷모습을 닮았다. 외롭고, 설렘이 섞인 두려움이 궤도를 이탈한 위성처럼 주변을 맴돈다. '과연 어디까지 닿을 수 있을까?'라며 의심한다.

우리에게는 어떤 여정이 기다리고 있을지 궁금하다. 지금까지 존중하고 격려하며 긴 시간을 건너왔듯이 다가올 시간도 '여성동아 문우회'란 이름으로 남고 싶고, 그 여정이 즐겁기를 바란다. 그리고 나의 사랑하는 '샘'들의 여행이 새롭게 시작되기를 바라며 가능하다면 아주 멀리까지 가 보자고 말하고 싶다. 누군가 말했던 그 별의 순간을 만날 수 있을지도 모르니까.

2022년 6월 유춘강

유덕희

부산 동래 온천장에서 53년 태어나, 공무원인 아버지와 어머니 사이에서 평범하게 자랐다. 중앙대학교 문예창작과 4학년 재학시절(1975년)에 여성동아 장편소설 공모에 《하얀 환상》이 당선되어 문단에 데뷔했다. 같은 해 KBS TV 연말특집극 〈언니의 연인〉이, 1984년에 MBC 라디오 장편드라마 〈잊혀진 여인이 추억을 말할 때〉가 당선되었다. 장편소설집 《하얀 환상》《사랑 또 한잔》《불타는 미루나무》 등을 펴냈고, KBS 라디오 드라마 〈보람이네 집〉〈바다의 노래〉〈이회영〉 등을 썼다.

별
사
이
를
산
책
하
기

일요일. 호숫가엔 사람들로 번잡하다. 번햄파크 (Burnham Park) 근처에 있는 SM몰도 동대문 시장만큼이나 사람들로 우글거린다. 이곳 바기오(Boguio) 주민들이나 관광객, 유학생들이 가장 많이 찾는 대형 쇼핑몰인 까닭이다. 끓는 팥죽처럼, 아니 파도처럼 떠밀려 가고 떠밀려 오는 식이다. 피부색은 노랗고 희고 누리끼리하고 다양하다. 피부가 하얀 백인 계열과 까무잡잡한 필리핀의 타갈로그족, 세부아노족 등 여러 종족이 뒤섞인 탓도 있을 것이다. 사람들은 어깨가 부딪치거나 눈이 마주치면 싱긋 웃고 소문과는 달리 순박하다.

"와우! 호수다. 호수!"

택시에서 초딩 한 명, 중딩 세 명의 십 대들이 쏟아져 나오며 소리를 질러 댄다. 조수석의 나는 귀가 따갑다. 뒷좌석 정원이 세 명이지만 네 명이 구겨져서 왔다. 기사는 팁을 요구한다. 택시 두 대로 온 것보다 나아서 나는 선선히 팁을 준다. 두 대로 올 경우 자칫 한 대가 다른 곳으로 빠져 버리면 그야말로 낭패가 따로 없다. 이곳은 필리핀. 그리고 겁대가리 없는 천방지축 십 대들이니까.

어디선가 삐끼가 나타나 삽시간에 우리를 에워싼다.

"보트, 보트 타세요. 보트 베리 굿!"

삼십 대 중반쯤 되어 보이는 남자다. 다른 두 명은 새파란 청년이고, 또 한 사람은 늙수그레한 아주머니다. 하지만 웬일인지 제일 먼저 나타난 남자한테 양보한다는 듯이 선선히 물러난다. 남자는 적극적이지만 그리 칙칙하지 않다. 적당히 검은 피부에 무난하고 평범한 인상이다.

"너희들 보트 탈래?"

"네, 좋아요! 좋아요!"

아이들은 쉽게 할 대답도 목청껏 함성으로 대꾸한다.

초딩인 빈이 빼고 중딩은 모두 여학생들인데, 현영이는 유독 키가 크고 가슴이 발달해서 거의 대학생처럼 보인다. 나는 타겠다고 남자에게 고개를 끄덕인다. 남자는 자기 이름이 마크라고 소개한다. 마크든 마이크든 보트만 안전하게 몰면 그만이다. 하지만 안전이야말로 보장할 수 없는 곳이 이곳이다.

우리는 곧 호숫가로 내려갔고, 보트 정박장에 있는 십여 대의 보트 중에서 한 곳에 오른다. 당연히 안전 장비 같은 건 착용하지 않는다. 애초 이 나라에서 그런 걸 기대하는 사람은 없다. 보트에 오르기 직전에 현영이가 다가오더니 내 귀에 대고 속삭인다.

"선생님, 가격을 물어봐야죠. 재네들 막 덮어씌워요."

나는 마크를 힐긋 바라본다. 마크는 마치 한국말을 다 알아듣는 듯한 표정을 짓고 있다.

"괜찮아. 어서 타."

나는 현영이의 충고를 무시한다. 빈이가 사내애라고 맨 뒤에 앉고, 그 바로 앞 가로로 걸쳐져 있는 나무판에 여자애 셋이 까르륵거리며 주저앉는다. 나는 여자애들이 앉은 바로 앞 판에 혼자 앉는다. 마지막으로 보트를 밀면서 마크가 훌쩍 올라탄다. 마크는 맨 앞에 나를 바라보는 자세로 앉더니 양쪽으로 놓인 노를 힘껏 젓는다. 보트가 출렁출렁 호숫가 한가운데로 미끄러져 들어간다. 호수 물은 푸르지는 않고 약간 누리끼리하다. 속이 보이지 않아서 얼마나 깊은지 좀체 가늠할 수 없다. 나는 잠깐 하늘을 올려다본다. 이곳의 쾌청하고 맑은 날씨에 속아 넋 놓고 있다가 언제 느닷없이 지진을 마주할지도 모른단다. 하긴 최근 몇 년간 지진이 없이 평화로웠다. 호수의 양안으로는 수목들이 우거져서 그런대로 수채화 같은 풍경이 펼쳐지고 있다. 바람도 상쾌하게 가슴팍으로 파고든다.

일요일이라서 느지막이 일어나 빵 한 조각을 커피와 함께 먹고 있다가 나는 깜짝 놀랐다. 우당탕거리면서 계단에서 현영이를 비롯해서 빈이까지 아이들 넷이 쏟아질 듯 내려왔다. 평일에 학교에 갈 때면 서너 번을 두들겨 깨워야 하는데, 해가 서쪽에서 뜰 일! 게다가 아이들은 하나같이 외출복에 배낭을 메고 선캡을 쓰고 있었다.

"무슨 일이야?"

우물거리던 빵조각을 억지로 씹어 삼켰다. 염소가 종이 씹는 맛이 이럴 것이다.

"날씨가 끝내주잖아요."

현영이가 휘파람이라도 불 기세로 상큼하게 말했다.

"다들 어디? 교회 가?"

내 말에 네 아이들이 배꼽이 빠져라 웃어 댔다.

나는 아직도 어떤 상황인지 알아채지 못했다.

"우리 수영장으로 놀러 가요. 수영하러 간다구요."

"웬 수영장?"

"원장 선생님이랑 캠프 아이들이랑 같이 놀러 갔던 데 말이에요."

아아, 겨우 기억이 떠올랐다. 여름 방학 영어캠프에 왔던 스물여덟 명 아이들이랑 유학생인 이 애들 넷이랑 절벽 같은 마을길을 한참 지나서 갔던 곳. 노천 수영장인지 노천 온천탕인지⋯⋯. 아무튼 지금 원장 선생님은 영어캠프 왔던 아이들을 데려다 주느라고 귀국 비행기를 타고 한국에 가 있고, 신출내기 나 혼자 이 집을 지키고 있으니 나 모르게 자기들끼리 일탈을 감행하려고 했는데, 그만 딱 걸려 버린 것이다. 지금 집에는 이 아이들 말고 대학생 넷이 남아 있을 뿐이다.

이 집은 사설 어학원 같은 곳이다. 한국에서 교사로 일하다가 이혼한 원장이 필리핀으로 들어와서 운영하는 곳으로 방학 때면 영어캠프를 하고, 보통 때는 홈스테이와 사설 어학원을 겸하고 있다. 나는 그런 아이들과 메이드(Maid)들을 관리하는데, 원장은 나에게도 선생님이라는 호칭을 부여했다.

"대학생 오빠들은 집에 있어?"

"오빠들은 세 명 다 나갔고요. 침대공주만 집에 있걸랑요."

"그래. 그럼 언니는 집에 있을 건지 물어보고 나도 가자. 너희들끼리는 절대 안 돼. 알았지?"

나는 겁을 주느라 두 눈을 부라려 보았다. 하지만 아이들은 콧방귀도 안 뀌는 시늉이다. 십 분만 일찍 나갔더라도 나한테 안 들켰을 텐데, 하고 후회막심인 표정일 뿐.

침대공주 방문을 두드릴 필요 없이, 벌컥 열고 들어

갔다. 다행히 문은 잠겨 있지 않았다.

"오늘 집에 있을 거지? 애들이 수영장 간다니까 나도 가. 집 잘 보고 있어."

라푼젤만큼이나 끔찍하게 숱 많은 머리카락을 베개에 파묻고 침대공주는 꿈쩍도 하지 않았다. 그러거나 말거나 나는 할 말을 다 했으니 문을 쾅 닫고 나왔다. 침대공주는 학교에 가거나 먹고 씻는 일을 제외하고는, 침대에서 빠져나오는 법이 없다. 메이드들이 오지 않는 휴일이면, 주방이 먹고 마신 접시들로 산더미처럼 쌓이지만 애써 못 본 척 무시하고, 내 방으로 달려가서 외출복에 모자만 눌러쓰고 선크림은 손에 든 채로 허겁지겁 집을 빠져나갔다. 애들을 뒤쫓느라 달려 나가는 내 모습에 헛웃음이 났다.

과연 애들은 집 밖의 골목길에 서서 택시를 잡느라 부산했다. 택시들이 현영이와 흥정을 벌이다가 횡 하니 가 버리고, 가 버리고 하다가, 어른인 내가 나타나자 주춤 멈추었다. 나 모르게 내빼려던 아이들이 웬일로 나를 구세주처럼 반기며 엉겨 붙었다.

"선생님, 택시비로 육백 페소를 달래요!"

택시기사는 나를 보더니 오히려, 칠백 페소! 가격을 더 올리며 하얀 이를 드러내며 웃었다. 나는 네 명의 아이들에게 돈이 얼마나 있느냐고 물었더니, 다 합해서 사백오십이란다. 어처구니가 없다. 아이들은 원장 선생님이 인솔해서 다닐 때는 돈에 관해 걱정할 필요 없이 마음껏 즐기기만 하면 되었다. 물가에서 음료수도 실컷 마시고 바비큐도 양껏 먹었다. 그런데 자기들끼리 일탈을 감행해 보려니 처음부터 제동이 걸릴 수밖에. 일단 그곳까지 갈 차비도 없으려니와 입장료만 해도 1인당 백 페소다. 이 아이들의 용돈은 일주일에 오백 페소니, 일요일인 지금 백 패소쯤 남았으면 장한 일이다.

"선생님, 가불해 주세요, 네! 네! 네! 제발요!"

아이들이 합창을 하며 나에게 매달렸다. 이제 되었다. 내 역할은 이 아이들을 안전하게 보호하는 일이다. 무조건 안전이다. 대학생들은 신경 쓰지 않아도 된다. 아이들과 메이드들을 잘 관리하는 게 내 일이다.

"이토곤(Itogon)은 못 가. 왕복 택시비도 비싸고. 거긴 차 타고 사십 분이나 걸리는 데다 오후 네 시면 차도 끊겨서 그 시골구석에서 자야 돼. 너희들 그곳이 얼마나 캄캄하고 무서운지 모르지? 갈 수 없어."

아이들이 이구동성으로 비명을 질렀다. 수영장에 가겠다는 일념으로 배낭에 수영복과 수건 따위를 쑤셔 넣고 튀어나온 것이 차라리 귀여울 지경이었다.

"대신 번햄파크 가서 보트 타고 졸리비 가서 스파게티 먹자."

"와우! 좋아요! 좋아요! 좋아요!"

아이들이 떼창을 했다. 현영이가 특히 졸리비 스파게티라면 자다가도 벌떡 일어난다는 것을 알고 있다. 현영이만 붙잡으면 다른 아이들은 저절로 따라오게 되어 있다. 나는 속으로 쾌재를 불렀다. 아이들이 내 손아귀에 들어오다니, 뜻밖으로 가슴 두근거리게 기쁘고 신이 났다.

호수에는 연인이나 일가족, 관광객, 친구 등등을 태운 꽤 많은 보트들이 이리저리 떠다니고 있는데, 보이지 않는 물길이라도 그어져 있어서 서로 부딪치지 않는지 신통하기만 하다. 보트 위 난간에서 수면까지는 손에 닿을 듯이 가까워서 나는 신경을 잔뜩 곤두세우고 있지만, 뒷좌석의 아이들은 서로 핸드폰으로 사진을 찍어 주며 깔깔거리느라 난리를 치고 있다.

"오, 저기 좀 봐. 뽀뽀한다. 얼레리꼴레리!"

"당신, 선생님이냐?"

마크가 아이들은 상관하지 않고 나에게 말을 건다.

"그렇다고 할 수 있지."

나는 시큰둥 대꾸한다.

"한국에서 어학연수 온 아이들인가?"

"그래. 미국, 캐나다는 비싸고, 필리핀은 싼 맛에 오지."

마크는 쉬운 영어로 이야기를 건넨다. 귀에 쏙쏙 들어오는 바람에, 나는 살짝 어리둥절하다. 집에서 튜터와 회화 공부를 할 때면 엄청 버벅거렸으니까. 튜터는 여러 상황을 대비한, 매우 길고 정확한 영어를 요구했다.

마크가 묻지도 않은 자기 이야기를 꺼낸다. 나는 투잡을 한다. 어머니와 두 여동생을 먹여 살려야 한다. 평일에는 식당에서 일하고 주말에는 보트를 젓는 일을 한다. 이 보트가 내 것이라면 나는 부자겠지만 고용인에 불과하다. 보트를 저어도 돈을 얼마 벌지 못한다.

나는 여전히 내가 마크의 말을 잘 알아듣고 꼬박꼬박 대꾸하는 것이 신기하다. 내가 알기로는 필리핀 남자들은 집안을 돌보지 않는다. 연애 중에 아기를 가져도 남자들은 무책임하게 떠나 버리고, 여자 혼자 아기를 양육하는 것으로 알고 있다.

"필리핀은 모계 사회라고 하던데?"

내 말에 마크가 고개를 끄덕이며 대꾸한다.

"그렇긴 하지만 남자들이 일을 안 하는 게 아니라 일자리가 없어서다. 우리 집은 어머니가 몸이 약하고, 두 여동생은 아직 어려서 일을 할 수가 없다."

"동생들이랑 너는 나이 차이가 꽤 나는 모양이구나."

"그렇다. 난 서른한 살이고, 여동생들과 나는 아버지가 다르다."

나는 잠깐 침묵한다. 나랑 동갑인데 넌 늙어 보이는구나, 라는 말은 삼가한다. 대신에, 나는 몇 살로 보이니? 물어보면 마크는 필경 너 스물하나, 라고 뻔뻔하게 입에 발린 소리를 할 테니, 그 질문도 짜증 난다. 내가 잠깐 침묵하는 사이에 현영이가, 선생님 여기요! 소리쳐서 돌아보자 찰칵! 핸드폰 카메라가 일제히 터진다. 애들이 자갈 굴러가는 소리를 터뜨린다. 마크와 내 모습이 꼼짝없이 찍혔을 것이다. 순간 화가 치솟지만, 그것도 꿀꺽 삼킨다. 대신 마크가, 애들이 귀엽다. 하이스쿨이냐? 하고 묻는다. 쳇, 귀엽다니 다행이지.

"중딩들이다. 우리나라에선 김정은이가 이 애들 무서워서 쳐내려오지 못한다는 말이 있다."

"뭐?"

내용을 못 알아들은 마크가 어색한 웃음을 짓는다. 갑자기 어디선가 휘파람 소리가 날아온다. 보트 하나가 쏜 살같이 접근해 온다. 하이스쿨에 다닐 듯한 남학생 셋이다. 여자애들이 징그럽다고 비명을 지른 것으로 봐서 어떤 모션을 취한 것 같다. 보트가 사정없이 출렁거린다.

"일어서지 마! 보트 뒤집히면 다 죽어!"

나는 악을 써서 주의를 준다.

"가만히 있지 않으면 졸리비 스파게티는 없어!"

필리핀 남학생들이 지나가며 그 말을 들었는지, 베이비들 졸리비에서 만나자! 소리 지른다.

"저리 꺼져. 변태들!"

현영이가 마주 소리치자 모두들 까르륵 숨넘어가게 웃어 댄다. 마크가 남학생들과 다른 방향으로 보트를 몰고 간다. 있는 힘껏 노를 젓느라 팔뚝에 힘이 쏠리고 얼굴이 상기되었다. 다행히 끝까지 쫓아오지는 않는다. 나는 이제 천천히 가도 돼, 하고 말해 준다. 마크의 이마에 땀방울이 송글송글 맺혀 있다. 천진난만한 애들을 바라보는 눈에는 선망이 서려 있다. 하긴 나도 처음엔 그랬다. 부모 잘 만나서 호강하는 거라고. 미국이나 호주가 아닌 필리핀이라도 어학연수를 올 정도라면, 그 정도라도 대단한 거 아니냐고.

하지만 실상은 달랐다. 방학 기간 한두 달 영어캠프에 오는 애들과 달리 몇 년간 유학을 오는 아이들 중에는 집안에 문제가 있는 아이들이 꽤 있다.

어린 빈이는 초등 3학년. 고작 열 살이다. 영어 배우기에는 나이가 어릴수록 좋아서라고? 그게 아니었다. 혼자서 빈이를 키우던 젊은 엄마가 다른 남자를 만나 결혼을 해야 했으니까 빈이를 필리핀에 떨군 거였다. 명랑한 빈이는 낮에는 누나들의 귀염을 받으며 잘 지내는 듯하지만 밤에는 무서움과 외로움에 떤다. 보다 못해서 내 방으로 불렀더니 자다가 불쑥 내 젖가슴을 주무르는 바람에 놀라 깨어났다. 빈이와 나는 자주 악몽에 시달리고 자다가 큰 소리로 비명을 지르는 잠꼬대를 한다는 묘한 공통점이 있었다. 대학생들 중에도 그런 아이가 있다. 침대공주. 부모가 이혼을 하고는 각자 재혼을 했다. 대학이 방학을 해도 침대공주는 귀국할 수가 없다. 한국의 부모 중 어느 집에서도 그녀를 환영하지 않는 것이다. 고국의 어디에도 갈 곳이 없는 그녀는 유일하게 이 지상에서 쉴 수 있는 침대에서 벗어나지 못한다. 현영이도 아버지가 혼자 키우던 아이였다. 현영이의 아버지 역시 딸아이를 필리핀 어학원에 떨구고 갔다. 그나마 아직은 경제적 사정이 괜찮은지 카지노에서 돈을 땄다며 호기롭게 아이들을 다 끌고 나가서 호텔 레스토랑 뷔페를 실컷 먹게 해 주었다. 그가 돈을 땄다는 것은 거짓말일지도 모른다. 우린 현영이 아버지가 사업이 잘되기만을 바랄 뿐이다. 돈을 못 번다면 현영이는 하루아침에 소공녀가 되어 버릴 운명에 처할 테니까. 그러니 그전에 쑥쑥 자라야 한다. 제 한 몸을 스스로 감당할 수 있을 만큼 어른이 되는 수밖에. 필리핀 대학은 한 학기 등록금이 오십만 원으로 저렴하니까 말이다.

"마크, 너 혼자서 엄마와 여동생들을 먹여 살리다니? 네 엄마 아직 젊을 텐데, 네 엄마 게으른 거 아니야?"

"엄마 안 게으르다. 열심히 일하고 싶어도 몸이 약하다."

"하지만 내 생각에, 니 아버지랑 니 여동생들 아버지는 도망친 거 같다."

정작 마크는 희미한 미소를 짓고 있는데, 내 입술은 삐뚤어진다.

"하, 엄마 때문에 돌아 버리겠네. 이게 뭐야? 이게 다 뭐냐구? 세상 끝났어?"

내가 악을 쓰면 엄마는 십팔번을 중얼거렸다.

"그래 맞아, 끝났어, 끝이다."

"엄마 정신 좀 차려. 끝이면 나도 좋겠어. 내 멋대로 살아 버리게. 그런데 그게 아니잖아? 계속 살아야 한다고. 내 일도 해는 떠오르고 밥도 먹어야 하고 잠도 자야 한다고."

그러면 엄마는 또 머리를 흔들었다.

"아니다. 한 방에 훅 갈 수가 있어, 훅! 텔레비전에서 봤다."

엄마가 진지하게 설명했다.

"베수비오(Vesuvio) 화산 폭발로 사람들이 순식간에 파묻혔더라. 너는 대학까지 공부한 애가 그것도 모르냐? 그 사람들 진짜 한순간에 끝장났어. 눈 깜짝할 사이에 화석이 되어 버렸더라."

엄마는 갑자기 두 눈이 번들번들 의기양양해졌다.

"반죽을 해서 빵을 빚던 제빵사 부부도, 새끼돼지를 오븐에 구워 요리하려던 요리사도, 바닷가에서 쉬고 있던 귀족 부인도 한순간에 화산재에 뒤덮여서 화석이 되고 말았잖니? 아니, 폼페이(Pompeii) 전체가 파묻혔지. 사치스러운 정원과 2층 아파트와 극장과 목욕탕을 갖춘 호사스럽고 아름다웠던 도시가 일순간에 사라졌어."

"그래서, 뭐? 그게 엄마가 바퀴벌레를 키우는 것과 무슨 상관이 있냐고?"

"바퀴벌레는 내가 키운 게 아니다. 자기들끼리 번식한 거지. 그게 왜 내 탓이냐?"

"엄마가 원인 제공을 했잖아. 온 집 안을 지저분하게 만든 거잖아. 치우지 않고 쌓아 둔 음식물 찌꺼기들과 축축한 습기 따위가 결탁해서……."

"너 그딴 소리 마라. 바퀴벌레가 수억 년을 살아남은 화석 같은 존재라는 거 아니?"

"왜 몰라. 엄마가 바퀴벌레랑 떼려야 뗄 수 없는 끔찍한 친구 사이라는 것도 알고말고. 엄마야말로 바퀴벌레처럼 수억 년을 살아남으려는 거 아냐?"

나는 이죽거렸다.

엄마는 당신의 업장인 미장원에서 만난 아저씨와 헤어짐으로써 와르르 무너졌다. 꽁지머리를 자르러 왔다가 싹 밀어 버리고는, 율 브린너를 닮았다고 거울 속에서 함께 웃어 대다가, 눈이 맞아 버린 남자. 미스터 율이라고 부르기 시작하면서, 엄마는 아저씨와 함께 일본 여행도 다녀왔는데, 히로시마를 구경하기도 했던 모양이었다. 엄마는 무척 흥분해서 말했다.

"얘, 히로시마에 갔는데 말이야. 원폭이 떨어졌을 때

딱 멈춰 버린 시계도 남아 있더라. 그런데 그날 히로시마 날씨가 쾌청하고 아주 좋았대. 하늘이 새파랗게 맑았는데 원폭이 투하된 거야. 방심하고 있는 순간, 쾅! 하고 도시가 산산조각 난 거지. 그러니까 나는 '내일은 끝'이라고 생각하는 거야. 어차피 내일이면 우린 다 사라질 운명이거든."

"엄마, 내일까지 갈 거 있어? 오늘이 끝 아냐? 엄만 늘 내일이 없는 인생을 살아왔잖아."

나는 또 입술을 비틀며 이죽거렸다.

엄마는 율이 사라지자 원폭 맞은 것처럼 폭삭 무너졌다. 미혼모로 나를 낳고 키운 엄마는 평생을 월세방을 전전해 왔다. 나는 한 번도 전세방에서 살아 본 적이 없다. 엄마와 함께일 때도 그랬고 혼자 독립해 나갔을 때도 내 주거는 월세방이었다. 월세방은 엄마와 나의 떼려야 뗄 수 없는 운명 같았다. 그나마 미장원에 딸린 단칸방에서 살지 않고 독립된 원룸에서 살 수 있었던 것을 다행으로 여겼다. 엄마는 귀가 얇았고, 고객으로 나타난 남자들과 쉽게 사랑에 빠졌으며, 어찌 된 판인지 도움을 얻기는커녕 그 남자들의 뒤를 감당해 주다가, 돈이 궁해져서 월세방을 전전하는 일을 무한 반복해 왔다. 문제는 엄마가 혼자서 험난한 세상을 꾸려 나가기엔 터무니없는 낭만주의자여서,

누군가의 꾐에 쉽게 빠졌다는 점이다. 엄마는 연애에서 위로를 받으며 차가운 세상을 견디는 사람이었다. 어쩌면 관계 중독자일까. 엄마의 연애는 차갑고 쓰라린 세상을 견디는 당의정 같은 것이었다. 그런 엄마가 나는 불쌍하면서도 지긋지긋했다. 엄마 때문에 나 자신도 구렁텅이에 빠질 것이 두려웠으므로 독립할 나이가 되자, 월세가 아무리 아까워도, 엄마로부터 독립해 나갔다. 엄마처럼 살게 될까 봐 겁이 났지만, 나 혼자 발버둥 치는 내 인생도 고단하기는 마찬가지였다. 엄마는 미장원이 잘될 만하면 한 번씩 엎어버렸고 (남자들은 엄마를 파먹고 소라 껍데기처럼 텅 빈 껍데기만 해변에 던져 놓았다), 나는 간신히 종잣돈을 모을라치면 그것을 다시 엄마 때문에 탁 쏟아부어야 했다. 정말이지 엄마를 책임지고 싶지 않았지만, 엄마가 혼자 살아가게 하려면 어쩔 수 없었다.

"네 말대로 내 여동생들의 아버지는 도망간 게 맞다. 어느 날 허접한 옷가지들을 놓아둔 채로 사라져 버렸다."

마크가 무심하게 말했고, 나는 거 봐란 듯이 마크를 노려본다.

"그런데…… 우리 아버지는 죽었다."

"죽어? 병으로?"

"아니 지진으로."

"아, 필리핀은 지진대로 유명하지? 거 뭐더라. 환태평양 조산대? 불의 고리(Ring of Fire)라는……?"

나는 잘난 척한다.

"필리핀은 태풍도 자주 오잖아?"

"그래, 바기오도 한 번씩 큰 지진이 나곤 한다. 수십년 전에는 이천여 명이나 죽었다. 1990년 7월 16일 아버지가 죽었을 때는 하얏트 호텔이 무너졌다. 그때 큰 건물들이 많이 무너졌다. 아버지는 그 호텔에서 일하는 청소부였다."

"어머, 무서웠겠다. 그럴 때 어떻게 하니? 지진이 나면 피할 수 있어?"

나는 갑자기 소름이 쭉 끼친다. 등 뒤에서 아이들이 소리를 지르는데도 아무런 반응을 할 수가 없다. 몸이 차갑고 소름이 돋는 느낌이다.

"그냥 사는 거지."

"대책을 세워야 하는 거 아냐?"

"무슨 대책을 세울 수 있나? 고작해야 건물 밖으로 튀어 나가거나, 책상 밑이나 뭐 그런 튼튼한 거 아래로 숨을 수밖에. 너는 길을 지나가다가 갑자기 머리 위에서 물체가 떨어지면 피할 수 있다고 생각해?"

"글쎄, 그건 어렵겠지만. 그래도 가끔씩 위를 쳐다보고 주의해서 지나간다거나……."

대답하는 나도 머쓱해져서 그제야 짐짓 아이들을 향해 뒤를 돌아보며 소리 지른다.

"왜들 그래? 무슨 일이야?"

"선생님, 저기 구름요."

"구름이 뭐?"

새파랗기만 한 하늘, 쨍쨍하게 태양이 빛나는데도, 저 멀리에서 흰 구름 덩어리가 둥실둥실 떠 있다.

"꼭 우리나라 하늘에서 보는 뭉게구름 같다구요."

"참, 별걸 다."

나는 혀를 차면서도 순간 가슴 한 편이 저릿해진다. 아이들은 웃고 떠들고 쾌활한 것 같지만, 한국이 그리운 것이다. 그러니 일탈, 그 정도 몸부림이라도 쳐 봐야겠지. 하지만 나는, 설마 저 구름 한 조각이 비를 몰고 오지는 않겠지, 하고 애써 그늘지려는 마음을 눙쳐 버린다.

"네 어머니는 워킹 맘이냐?"

다시 마크가 질문을 던진다.

"그래. 평생 일을 해서 자신을 먹여 살려야 했으니까. 그렇지만 아주 가끔은 대책 없이 일을 놓아 버려서 나를 환장하게 만들기도 해. 주기적으로 사람을 돌아 버리게 하는 재주가 있지."

"그건 너를 믿어서일 거야."

마크가 버릇인 양 이를 드러내고 씩 웃는다.

"그래. 그렇겠지."

하지만 내 얼굴에서는 웃음기가 싹 가신다.

엄마한테서 전화가 걸려 왔다. 집주인이 딸 전화번호를 가르쳐 달라고 해서 가르쳐 줬으니 전화를 받아 보란다. 태연한 목소리였다. 그런데 그 전화를 끊자마자 바로 주인 전화가 걸려 왔다. 그는 들입다 당장 엄마가 사는 방을 빼라고 욕설과 더불어 귀청이 떨어지게 고함을 질렀다. 나는 흥분하지 마시고 이유를 말씀해 보라고 침착하게 응대했다. 집주인은 길길이 날뛰면서 엄마가 몇 달째 월세를 안 냈을 뿐만 아니라 방안에 바퀴벌레를 키워서 그 문틈으로 바퀴벌레들이 기어 나와 온 복도와 계단, 건물 전체에 퍼졌다는 것이다. 그게 말이 되냐고, 무슨 근거로 그따위 억지를 부리느냐고 반문했더니 당장 와서 보라는 것이다.

그날 영업장에서 조퇴하고 엄마한테 갔다.

실상은 주인이 말한 것 이상이었다. 율이 사라지자 엄마는 청소라는 건 까맣게 잊어버렸다. 유일하게 엄마의 생존을 붙든 것은 털이 새까만 강아지 한 마리뿐. 몇 달을 먹는 둥 마는 둥 씻지 않고 쌓아 둔 라면봉지, 과자봉지, 빵봉지와 음식물 쓰레기, 개의 배설물들에서 바퀴벌레가 번식을 거듭했다. 엄마 방의 문이 열리면 그곳에서 퍼져 나온 냄새가 원룸 건물 전체를 장악했다. 나 역시 엄마의 방문을 여는 순간 코를 막고 뒷걸음질 쳤을 정도였다. 앞뒤 방, 옆방, 위아래 방이 견디다 못해 방을 빼서 나가고, 빈방이 나가지 않게 되었을 때에야, 따로 살던 집주인이 상황을 알게 되었다는 것이다. 그날부터 매일 엄마 방의 청소를 시작했다. 바퀴벌레 연막탄을 터뜨려서 소방차가 출동하게 만들기도 했다. 마스크를 쓰고 청소하면서, 입만 벌리면 나도 절로 욕이 터져 나왔다. 엄마 대신 강아지를 발길로 걷어찼더니 나만 보면 꽁무니를 빼고 쓰레기더미로 가서 숨었다. 쓰레기더미째 강아지도 내다 버렸다. 엄마가 가서 강아지를 구출해 왔다. 나는 엄마를 내 집으로 옮기고 대신 내가 집을 떠날 궁리를 시작했다. 그리고 그때까지 망설여 왔던 필리핀 어학원 일자리를 고민하게 되었다.

엄마가 내 집으로 옮겨 온 뒤 계산을 해 보니 관리비와 쓰레기 처리비를 다 합해도 보증금 오백만 원에서 칠십만 원 정도가 남았다. 나는 그 돈은 돌려주셔야 하지 않겠느냐고 주인에게 전화를 했다. 이 주인이란 남자 역시 엄마와 그렇고 그런 관계였다. 미장원의 고객으로 만나서 자신의 원룸을 소개했다는 소리를 진작 들었다. 그는 그동안 충분히 본전을 뽑았을 터였다. 그럼에도 그는, 네 엄마가 끼친 손해가 얼마인데 그따위 소리를 하느냐고, 게거품을 물며 갖은 욕설을 퍼부었다. 나는 지지 않고, 바퀴벌레 연막탄 값이며 온갖 청소비도 달라는 만큼 다 지불했다고, 끈질기게 응수했다. 그러나 남자는 한 푼도 돌려줄 수 없다며 길길이 날뛰더니, 그다음부터는 아예 내 전화는 받지 않았다. 그러더니 한 달쯤 뒤에 갑자기 전화가 걸려 왔다. 돈을 돌려줄 테니 와 보라는 것이다. 나는 뭔가 의심이 들었지만 그래도 그날 찾아갔다.

엄마가 살던 방은 깨끗하게 치워져 있었다. 그토록 지독한 냄새가 나더니 냄새도 말끔하게 가셨다. 이젠 누가 와도 너끈히 잘 살 수 있는 쾌적한 방으로 변해 있어서 내 마음도 편해졌다. 있는 욕 없는 욕을 퍼부어 대던 육십 대의 집주인도 예전의 거친 응수와는 딴판으로 멀끔한 모습으로 나타났다. 그는 사진이 들어 있는 서류 봉투를 들고 있었는데, 그 사진들은 엄마가 온 방 안을 쓰레기 더미로 채웠던 예전의 모습을 찍은 것들이었다. 그는 의기양양하게 그것들을 내 눈앞에 대고 흔들었다. 나는 그 순간 돈을 받아 내기는 글렀다는 직감이 들었다. 과연 그는 그것들을 증거품으로 엄마에게 엄청난 손해 배상을 청구하겠다며 나를 협박했다. 나를 부른 이유가 드러났다.

그는 은근하게 그것들을 상쇄할 방법이 아주 없는 건 아니라고 속삭였다. 그와 나는 엄마가 살던 원룸에 단둘이 있었다. 커튼도 없는 창밖으로는 껑충하게 서서 안을 들여다보고 있는 전봇대뿐이었다. 그는 바지를 까 내렸다.

"손해 배상금을 상쇄할 수 있는 방법이야, 아가씨."

그 시커멓고 벌건 몽둥이는 성이 나서 뻣뻣하게 곧추서 있었다. 나에게는 늘 호신용으로 엄마의 미용실에서 슬쩍해 온 가위 하나가 있었다. 나는 가위 날을 그의 팽창해 있는 몽둥이에 꽂았다. 나에게는 이튿날 한국을 빠져나가는 비행기 티켓이 있었다.

바람이 불더니, 머리카락으로 가렸던 내 이마가 드러난다.

"그게 뭐냐? 흥터, 해리 포터 같은데……?"

"해리 포터라니, 포청천이다. 너 포청천이 누군지 모르지?"

나는 싱긋 웃는다. 급하게 원룸에서 빠져나오다 건물 벽에 세게 이마를 찧었다. 상처는 생각보다 오래갔다.

포우…… 청…… 천? 하고 마크가 이상하다는 듯이 어색하게 발음한다.

나는 손으로 신경 쓰지 말라는 제스처를 한다. 그 이튿날 인천공항에서 나는 누군가가 내 머리채를 휘어잡는 상상에 진땀을 흘렸다. 하지만 공항은 평상시보다 한가롭고 사뭇 여유롭기까지 했다. 이제 제법 하늘에 구름이 많아졌다. 여름 나라는 스콜성 비가 건기에도 한바탕 쏟아지곤 한다. 한꺼번에 보트들이 선착장으로 몰리기 전에 슬슬 돌아가야 할지도 모른다. 다행히 마크가 보트를 돌린다.

비가 쏟아지는 토요일 저녁, 포치에서 대학생들과 바비큐 파티를 했다. 원장이 한국으로 들어간 날, 공연히 허전해할 아이들을 달래기 위해 애들은 컴퓨터로 영화를 관람시키고, 대학생들과 나는 맥주 파티를 벌였다.

"선생님은 꿈이 뭡니까?"

대학 졸업반 남자애가 물었다. 그는 졸업하고 한국으로 돌아가야 하는 상황에 고민이 많았다. 취직이 되지 않을지도 모른다는 당면한 두려움……. 그런 그가 하는 질문 치고는 소박했다. 어쩌면 그저 친해지고자 하는 질문이었는지도.

"별 사이를 산책하기."

다들 어리둥절해서 나를 바라봤다.

"유네스코(UNESCO) 제휴 국제 별빛 연방(ISF)은 캐나다 노바스코샤 남서부를 북미 지역 최초로 별빛 관광 명소로 정했다더군. 가이드가 안내하는 별 산책을 제공받을 수 있고, 세계 최초로 별빛 호텔 인증을 받은 트라우트 포인트 로지에서 머무를 수도 있대."

"아, 그러니까 그게……."

졸업반 남자애는 멍하니 있다가 가까스로 대답했다.

"선생님의 버킷리스트겠군요?"

"그런데 오늘은 비가 와서 별은 보이지 않네. 의외로 세상에는 별을 사랑하는 사람들이 많아. IDA라고 국제 어두운 하늘 협회라는 것도 있대. 대기 환경이 우수한 곳을 지키는 일을 하는 곳이지. 그런 곳에 가 보고 싶어."

아니었다. 그건 엄마의 버킷리스트다. 미용실에 앉아

서 심심하면 엄마는 컴퓨터로 인터넷에 빠져들었다. 그곳에서 건진 잡다한 상식들을 고객에게 이야기하는 것이 엄마의 고상한 취미생활이었고, 여자 고객들과 달리 남자 고객들이 엄마의 이야기에 흥미를 가졌다. 남자 고객들은 엄마의 가슴 속 뻥 뚫린 맨홀을 알아봤는지도…….

보트가 무사히 선착장에 닿는다. 탈 때와는 반대로 마크가 먼저 내려서 아이들의 손을 잡아서 뭍으로 내려 주었다. 나는 마크의 손을 잡고 내렸으나 현영이는 그의 손을 탁 치며 거절했고 현영이를 따르는 여자애 하나도 손끝만 살짝 잡았으며, 반면 빈이는 그가 거의 안아서 내려 주었다. 기슭으로 완전히 올라와서 내가 요금을 묻자 마크는 이백 페소라고 대답했다. 내게는 하필 오백 페소짜리밖에 없었다. 내가 오백 페소를 내밀자 마크는 거슬러 오겠다면서 돈을 들고 언덕 너머로 빠르게 사라졌다.

"거봐요, 선생님. 백 오십 페소면 되는데 완전 덮어썼잖아요?"

현영이가 입술을 삐죽거렸다. 나는 마크가 사라진 언덕 위를 바라보았다. 갑자기 거세어진 바람에 나뭇잎이 사정없이 흔들렸다.

"백 오십이면 충분한데도 선생님은 아예 처음부터 흥정도 안 하셨잖아요?"

현영이가 다시 따지고 들었다. 현영이 말이 틀린 건 아니었다. 하지만 이백 페소래야 한국 돈으로 육천 원에 불과하다. 마크는 다섯 사람을 태우고 한 시간 동안이나 보트를 힘들게 저었다. 그리고 그 시간 동안 공짜로 회화 수업을 받았다고 계산한다면 결코 비싼 금액은 아니다.

"마크 안 돌아 온다니까요. 선생님이 오백 페소나 줬는데 돌아오겠어요? 선생님이 마크 붙잡아 올 수 있을 거 같아요?"

현영이는 계속 나를 몰아세우고, 아이들도 가세했다.

"마크는 도망갔어요! 돌아오면 손바닥에 장을 지져요. 선생님은 너무 순진하세요!"

검은 새 떼가 요란한 소리를 내며 하늘 위로 날아갔다. 어두운 구름이 금세 공원을 뒤덮어서 세상이 어디론가 떠나갈 듯 어둡게 변했다. 그때 언덕 꼭대기로 마크의 얼굴이 불쑥 떠올랐다.

"마크다! 저기 마크가 오고 있잖니?"

아이들이 일제히 그쪽을 바라보며 와! 소리 질렀다.

언덕 위로 모습을 다 드러낸 마크가 갑자기 풀썩 뛰어

오르더니 바닥으로 떨어졌다. 너무 급히 달려오느라 돌부리에 채인 것일까. 아니었다. 마크는 다시 일어서서 걸음을 옮기려고 했지만 다시 한 번 넘어졌다. 흔들, 땅이 흔들렸다. 여기저기에서 사람들의 비명 소리가 솟아올랐다. 가까운 곳에서 나무 한 그루가 뿌리째 뽑히고 있었다. 우지끈딱딱, 엄청난 소리가 들려왔다. 나는 빈이부터 불렀다.

"빈아, 선생님한테 와! 어서!"

빈이가 나를 향해 곧장 달려왔다. 나는 다시는 놓치지 않을 것처럼 빈이를 내 품 안에 꼭 껴안았다.

흔들림은 두어 차례 반복되었지만 슬며시 그쳤다. 공포로 옥죄었던 가슴도 서서히 풀어졌다. 하늘은 여전히 새파랗다. 언덕의 풀숲 사이로 숨었던 사람들이 하나둘 몸을 일으켰다. 그것은 수많은 바퀴벌레들이 살아서 달아나는 듯한 착각을 느끼게 했다. 품속에서 빈이의 머리통이 꿈틀거렸다. 나는 아아, 소리 없는 비명을 질렀다. 나는 바퀴처럼 오래오래 살아갈 것이다. 화석이 될 때까지 질기게 버텨 내고 말 것이다. 큰 소리로 울먹이며 아이들이 하나 둘 내 품으로 달려 들어오고, 내 입술에는 희미한 미소가 번져 갔다.

박재희

충북 제천에서 태어났다. 어쩌다 가야금에 혼이 팔려 무형문화재 가야금 산조 이수자가 되었고, 가야금 타는 스승님께 넋을 놓아 〈춤추는 가얏고〉를 썼다. 《양구》《어쩌다, 트로트》《징을 두드리는 동안》《대나무와 오동나무》 등의 책을 냈다.

홀
연

1. 동생 박동희

– 떠나야지.

뭐에 씌었다는 말이 맞는지도 모릅니다. 힘들 때마다
버릇처럼 '떠나야지', 했으니까요. 무엇으로부터 떠난다는
말인지도 모릅니다. 그저 막연히 붙은 입버릇입니다. 실행
으로 이어진 적도 여러 번입니다. 엄마를 떠나야지, 생각
하자마자 오피스텔을 사서 이사했습니다. 광대 노릇을 그
만둬야지, 생각하자마자 국악단에 사표를 냈습니다. 인간
관계가 너무 끔찍해서 지인의 전화번호를 전부 삭제한 적
도 있습니다.

– 원장님은 사이코야.

핸드폰을 버렸을 때 회원들이 수군거렸습니다.

– 넌 내 딸 같지가 않아.

차를 처분했을 때 엄마가 어눌한 목소리로 탄식했습
니다.

– 정말 섭섭해. 어떻게 나한테 알리지도 않고 폰을 없
애?

동희가 발악하듯이 울더군요. 할 수 없이 한 달도 못
되어 새 폰을 구했습니다. 현실을 등지기 전까지는 정상적

인 인간으로 보일 필요가 있기 때문이었습니다. 실제로 나는 나를 지극히 정상적이라고 자부합니다. 그렇지 않다면, 이러면 어떻고 저러면 어때, 칡덩굴 얽혀 살 듯 살다가 어느 날 홀연히 흙이 되면 그만이다, 생각했을 것입니다. 참선하고, 단소 불고, 책 보고, 음악 듣고, 친구들과 해변에서 먹고 마시다가 쏟아지는 별 무리에 홀리면서 박동자의 삶은 그런대로 잘 지나갈 것입니다. 그러나 나는 이성적이고 정상적인 사람입니다. 사람이 어떻게 살아야 하는지 모르고서야 어떻게 칡덩굴 얽히듯 얽혀 함부로 살겠습니까, 단 한 번뿐인 삶을.

　– 무엇으로부터 떠나서 어디로 간다는 말인가.

　나에게 물어본 적이 있습니다. 아는 것으로부터의 자유, 자기로부터의 혁명, 소유에서 무소유로, 어쩌고저쩌고 고상하게 정의할 자신은 없더군요. 내가 대답할 수 있는 건 오직 하나, 당장 모든 것으로부터 떠나야 한다는 사실뿐이었습니다.

　– 모든 것. 무엇이 모든 것인가. 박동자의 모든 것은 무엇인가.

　궁금해서 한번 적어 보았습니다.

유형(有形) – 몸, 돈, 집, 차, 폰, 단소, 카드, 엄마, 동희, 풍류원, 참선원, 유 사부님, 정일법사, 친구들, 책들, 커피 도구, 자잘한 애장품들.

무형(無形) – 정신, 배우고 익힌 것들, 아는 음악들, 아는 책들, 먹고 싸고 만진 느낌들.

이것들이 박동자를 감싼 보자기의 씨줄 날줄일 테지만 나의 정체성일 리는 없습니다. 일부일지는 몰라도 박동자의 모든 것은 아닙니다. 모든 것은 아닐지라도 일단은 보자기 밖으로 나가야겠습니다.

– 떠나야지.

일단 사람부터 정리합니다. 제일 먼저 나의 피붙이, 동희를 찾아갑니다. 둘러대기는 싫어서 솔직하게 말합니다.

"언니, 출가해. 이번엔 진짜야."

나는 말 망치를 세게 박습니다. 나에게 다짐하는 거지요.

"에이, 무슨. 뻥이지?"

"……맘대로 생각해."

"진짜? 맨날 떠난다고 하더니, 이번엔 진짜야? 진짜로 언니가 출가를 한다고?"

"······."

– 말없이 떠날걸, 그동안 동생을 힘들게 했구나.

온몸의 신경이 오그라듭니다.

"언니 그거 알아? 언니가 출가 어쩌고 얘기 꺼낸 지가 삼사 년, 아니 내 기억으로는 시연 님이랑 헤어진 다음부터야."

"······."

"언니가 왜 출가해, 무엇이 부족해서. 난 어떡하라고."

갑자기 동희의 두 눈이 충혈됩니다. 나는 고개를 푹 숙입니다. 후드득 내 눈에서 뭔가가 줄지어 떨어져 손등을 적십니다. 이미 주차장에서 실컷 울고 난 뒤였으므로 내 얼굴은 엉망일 것이 분명합니다. 봉투를 내밀면서 짐짓 냉정하게 말합니다.

"엄마 좀 부탁해."

동희는 마지못한 듯 봉투를 엽니다. 오피스텔 서류, 학원 건물 계약서, 통장, 도장, 카드를 뒤적입니다. 쌍둥이를 키우느라 허덕이는 동희에게 학생 오십여 명의 학원장 자리, 이십여 평 오피스텔은 도움이 될 것입니다.

"나더러 어떡하라고."

"뭐, 지금처럼 하면 돼. 주말에 밥해 먹고, 드라이브 하고, 병원 가고, 매일 전화 드리고……. 너 잘하잖아. 나야 뭐 있으나마나 한 딸이지."

"또 쓰러지시면?"

"뭐, ……너 하던 대로……. 내가 있다고 뭐 다른 수가 있는 건 아니잖아. 엄만 너밖에 몰라. 나한텐 늘 퉁퉁대시지. 의붓딸인가 봐."

"무슨! 가끔 언닌 다섯 살 애 같아. 철부지."

"그래, 알아. 나 잘 삐지는 거. 아무튼 엄마 좀 부탁해. 마지막까지, 마지막까지 엄마가 막내딸의 부드러움과 따스함을 느끼시기를 진심으로 바라. ……미안하고, 고마워, 동희야."

나도 모르게 목소리가 가라앉아서 끝말은 들리지 않습니다. 나는 일어설 준비를 합니다. 엉덩이가 무거우면 망설임이 길어지고 망설임은 뒷덜미를 잡습니다. 또 못 떠나는 거지요.

"어, 언니, 그럼 언니는 엄마가 죽든 말든 연락도 안 되는 곳에 있겠다는 뜻이야?"

"뭐, 당분간, 그래 당분간이야. 나도 쉽지 않은 결정이야. 결정 장애 있는 거, 너도 알잖아."

출가한다, 말만 하고 삼 년이나 미적인 것은 다른 무엇도 아닌 오직 아름다움 때문이었습니다.

아름다움

1. 아버지 가신 뒤 우울증에 빠진 엄마가 처음으로 소리 내어 웃었을 때.

2. 참선원에서의, 흐려지다 맑아지다 흐트러지다 모이다, 를 되풀이했던 시간.

3. 제주도 성산 일출봉 분지에 둘러앉아서 풍류원 회원들과 함께 들었던 유 사부님의 단소 소리.

4. 한참을 꾸벅이며 졸던 옆 사람이 홀연 빛나는 눈으로 나를 바라보았을 때.

5. 동희가 쌍둥이에게 양쪽 젖을 물리면서 젖이 아프다고 눈물 흘렸을 때.

6. 바닷가 숙소를 얻지 못하고, 문 닫은 가게의 포장마차로 숨어들어서 나누었던 시연과의 시간. 온몸을 뒤흔드는 파도 소리에 깨어나서 맞은 동해의 일출, 그 아침 모래밭에서의 입맞춤.

7. 국악단을 마지막으로 출근한 날, 단원들이 깜짝 파티를 열고 연주했던 수제천(壽齊天:국악 관현악곡)의 장엄한 화음.

또…… 많고 많지요. 우선 떠오르는 대로 적어 보았습니다. 이 아름다운 기억 뭉치들이 나의 뒷덜미를 잡은 것입니다. 고통도 다시 부르고 싶을 만큼 그리운 삼십삼 년의 기억. 기억 뭉치들이 아름다운 이유는 지금 내가 그것들과 이별하려고 하기 때문일까요? 기억이어서 아름다운 걸까요?

– 겁외현재(劫外現在).

홀연 떠오르는 말입니다. 무슨 뜻인지 설명하고 싶지만 어렵습니다. 추억도 현재고, 현재도 현재다, 이렇게 설명해도 모자람을 느낍니다.

"언니, 꼭 출가해야 해? 참선 잘된다며, 어디서든 잘하잖아. 그런데 왜? 이유라도 말해 줘, 언니."

이유. 나도 알고 싶지만 이 역시 설명이 안 됩니다. 확실한 것은 단 하나, 그냥 이대로는 살지 않는다, 이대로는 살 수 없다는 것뿐입니다.

"언니가 그랬잖아. 사람으로 받은 상처는 사람으로 치료해야 한다고."

"새삼 무슨! 옛날얘기를 꺼내고 그래. 난 다 잊었어."

"어떻게 잊을 수가 있겠어. 첫사랑인데, 삼 년이나 사귀었는데, 그깟 여행 같이 안 간다고 헤어지다니. 난 정말

이해가 안 돼. 둘 다."

　－ 여행 같이 안 간다고 헤어지다니. 동희는 아직도 그
렇게 알고 있구나.

　다행이기도 하고, 내 자신이 가증스럽기도 합니다.
그러나 도저히 동생에게 사실을 털어놓을 수는 없습니다.
사실을 아는 사람은 아버지와 시연뿐인데, 두 사람 다 지
금은 닿지 않는 곳에 있습니다.

　"됐어. 어제도 까마득한데 옛날 남친 때문에 출가라
니, 난 과거에 목매고 사는 미련퉁이가 아니야. 동희야, 학
원은 네가 알아서 하고, 오피스텔 임대료는, 반은 너 쓰고,
반은 엄마 드려. 내 출가의 반은 네 덕이야."

　－ 동희, 네 덕분에 삼십삼 년 내 인생이 따뜻하고 부
드러웠어.

　나는 혼잣말을 합니다.

　"에이, 그런 말이 어딨어, 언니. 나 때문에 출가한다는
말처럼 들려. 어딜 가든 연락 줄 거지? 스님 돼도 내 언니
맞지? 절대로 폰은 없애지 마. 내 톡에 대답 안 해도 좋으
니까 클릭만 해. 알았지?"

　－ 알았어, 동희야. 난 죽으러 가는 게 아니야. 더 잘 살
기 위해 떠나는 거야.

속말을 삼킨 채 나는 결가부좌를 틉니다. 동희의 마른 등을 보노라니 나도 모르게 숨이 잦고 얕아집니다. 일단 무호흡 합니다. 다시 들숨 날숨 몇 번 하니까 관현악단 튜닝 소리 같던 머릿속이 한 음으로 정리되는군요. 엄마를 맡기는 고약함도 슬그머니 담담해집니다. 마포에 와 있다는 유 사부님의 문자를 보고 나는 일어섭니다. 고개를 돌리고 앉은 동희의 마른 등을 내려다봅니다. 미세한 물결처럼 흔들리는군요. 아, 저 마른 물결을 본 적이 있습니다. 믿을 수 없을 만큼 부푼 아버지의 얼굴을 껴안고 엎어져서 흔들렸던 마른 등입니다. 고약한 냄새 때문에 나는 얼른 방을 나가고 싶었는데 마른 등 때문에 간신히 자리를 지켰지요. 지금도 나는 움직이지 못합니다. 동희를 만나기 전, 나는 주차장에서 왜 그렇게 울었을까요.

 - 왜!

그러나 이제 나는 궁금해하지 않기로 합니다. 떠날 거니까요.

2. 사부 유수언

"부지런히 선방 드나들더니, 이젠 아예 입산하는군

요. 축하하고도 싶고, 말리고도 싶고. ……아직도 승속이 다르다고 생각하는 박 선생님이 부럽습니다. 승가에의 선망, 나는 버린 지 오랩니다. 사람 사는 곳 어디나 다 거기서 거기다, 생각하지요."

첫 번째 녹차를 비우고서 유 사부님은 가죽 가방을 엽니다. 홍보를 꺼내어 내 앞으로 밉니다. 열어 보지 않아도 나는 압니다. 홍보에는 반들반들 까맣게 윤이 나는 명품 오죽단소가 들어 있을 것입니다. 족히 오백 년은 넘었을 대나무 악기, 수많은 명인의 침에 절어서 구부리면 활처럼 휘어지는, 유 사부님이 스승 죽선 선생님께 물려받은 오죽단소입니다. 째앵~ 숨을 넣기도 전에 맑고 차가운 단소 소리가 이마를 때립니다. 가끔 이 단소가 그리워서 사부님 곁을 맴돌기도 했습니다만, 차마 불게 해 달라고는 할 수 없더군요. 하지만 사부님이 나에게 가죽 가방을 맡기고 안거에 들어가셨을 때는 마음껏 불었습니다. 작은 숨에도 맑고 곧은 소리를 내는, 손가락이 숨을 따라 저절로 움직이는 두 뼘 길이의 대나무.

처음 출가 결심이 섰을 때 나는 유 사부님의 도봉산 암자를 찾아갔습니다. 유 사부님은 소나무 밑의 납작 바위에서 단소를 불다가 인기척을 느끼고 그치셨습니다. 내가 삼배를 올리고 앉자, 빤히 쳐다보셨어요. 그러고는 곧 선정에 드셔서, 나도 할 수 없이 결가부좌로 하룻밤을 새웠습니다. 아버지같이 의지하는 스승 곁이어서 일까요. 십일월인데, 이상하게 안온하고 쾌적했어요.

타, 타, 타, 타.

바위에, 나무에, 마른 풀숲에 싸락눈 튀는 소리가 작은 타악기들의 합주 같았습니다.

― 음악을 떠나서 살 수 있을까. 단소를 떠나서 살 수 있을까.

생각하다가 깜박 졸았던 듯합니다. 눈을 떠 보니 혼자 나무에 기대어 자고 있더군요. 아침 공양 때 사부님이 말씀하셨습니다.

"세상사 재밌습니다. 나는 출가했어도 세간이 그리워서 늘 도시를 떠도는데, 박 선생님은 늘 출세간을 그리워하고, 늦은 나이에 출가까지……. 하긴 직접 불에 데지 않고는 불을 모르는 법이지요."

그게 일주일 전 일인데, 사부님이 다시 나를 찾은 이유는 아마도 단소 때문일 거라고 짐작합니다. 천천히, 아주 천천히 사부님의 손가락에 밀려서 홍보는 나와 더 가까워집니다. 단소를 불고픈 욕망으로 얼굴이 먼저 달아오릅니다. 참 못 말릴 박동자입니다. 녹차 세 잔을 거푸 비우고 홍보에서 단소를 꺼냅니다. 보는 것만으로도 오죽 특유의 맑고 단단한 성음이 가슴 가득 차오릅니다. 높은 산꼭대기에 뜬 보름달 빛이 한 줄기 단소 가락으로 나를 적십니다. 사부님이 출타 중일 때만 살짝 입술에 대 본 악기. 대 보는 것만으로도 가장 높고, 가장 깊고, 가장 신성한 음률이 마음대로 나 줄 것만 같은 새까만 대나무. 청성곡(淸聲曲)에 잘 어울리는 청청(淸淸)함. 적천(寂天: 고요한 하늘).

"가져가세요."

"제가 어떻게……. 저는 아닙니다."

한참을 어루만지다가 나는 다시 단소를 홍보에 싸서 사부님 앞으로 밉니다. 사부님에게는 뛰어난 제자들이 수두룩합니다. 내가 이걸 가져간 걸 알면 가만있지 않을 겁니다. 그래 봤자 연을 끊는 정도겠지만 아무튼 사부님은 곤경에 처하실 겁니다.

"가져가면 도움이 될 겁니다. 출가 생활, 결코 만만치 않습니다. 특히 여자들은…… 위험하지요."

사부님의 깊은 마음에 나는 마음으로 오체투지(五體

投地: 두 팔꿈치, 두 무릎, 이마를 땅에 대고 절함)합니다. 생각만으로도 황감한 지음지기(知音知己) 유수언 사부님. 음악이 음악 이상임을, 재주가 재주 이상임을, 소리가 끊어진 뒤에서 온몸이 악기의 여음(餘音)으로 떨림을 가르쳐 주신 스승님.

　－뭘 기대해서, 대체 무슨 대업을 이루겠다고 이런 소중한 인연을 끊는 거지?

　나는 발끝이 저리도록 긴 숨을 쉽니다. 사부님이 먼저 일어나서 방을 나가십니다. 홍보는 내 눈 앞에 있습니다. 온몸이 기쁨으로 차오릅니다. 참 못 말릴 박동자입니다. 이 욕망 덩어리가 어떻게 출가를 꿈꾸는지, 정말 떠날 수 있을지 나도 나를 믿을 수 없군요.

3. 엄마 강정은

　이미 정리는 마무리 단계입니다. 큰 부족함이 없는 지금, 큰 즐거움이 없는 지금, 큰 고통이 없는 지금이야말로 떠나기 좋은 때입니다. 출가한다는 소문을 다 냈으니 말빛 때문에라도 떠나야 합니다. 친구들, 선후배들, 회원들, 친척들, 사람 관계, 돈 관계, 삼십 몇 년 얽힌 칡덩굴을 다 정리했다고 안도하는 순간 엄마가 떠오릅니다. 출가는 엄마와의 탯줄을 자르는 일이 시작이라는 걸 뒤늦게 깨닫습니다. 쉽지 않습니다. 정리는커녕 솔직하기도 쉽지 않습니다. 엄마와 연결된 탯줄은 그냥 나를 세상에 내보낸 탯줄이 아니라, 내보낸 뒤에도 박동자를 원격 관리하는 리모컨 같은 탯줄이니까요.

　- 말없이 갈까 보다.

　미리 엄마를 납득시켜 달라고 동희에게 부탁은 했지만 걸음이 내키지 않습니다. 그러나 탯줄을 자르지 않는 출가는 출가가 아닙니다. 몸 따로 맘 따로 살 수는 없습니다. 나는 치즈 케이크와 민어를 사 들고 일산으로 향합니다. 아무 소리도 못 들었다는 듯이 엄마는 장바구니를 받아서 손질을 시작합니다. 절뚝절뚝 무거운 왼발을 끌면서 민어를 굽고 계란찜을 하고 오이를 무칩니다. 외식하자고 해도 엄마는 집밥을 고집합니다.

　- 내가 해 줄 건 밥밖에 없잖아.

　왼손에 힘이 없어서 오른손으로 돌솥을 옮기는 엄마를 나는 외면합니다. 엄마의 여생에서 돌솥을 옮길 사람은 내가 아닌 엄마니까요.

　"엄마…… 동희한테 얘기 들으셨지요?"

　"뭔 얘기. 스님? 똥자, 네가 중 된다고?"

"그냥…… 어떻게 살아야 잘 사는 건지, 인생 공부 좀 하려고요."

나는 침착하게 엄마가 상처받지 않도록 표현할 방법을 찾아봅니다.

"너, 똥자, 심심하지? 할 일 없지? 젖 보채는 애가 있나, 밥 달라는 신랑이 있나, 똥 기저귀 찬 노인이 있나."

만원 지하철 문 열린 듯 쏟아지는 엄마의 입담. 높고 빠른 말소리에 정신이 혼미해집니다. 고전 음악광 아버지와 트로트 마니아 엄마의 딸 박동자. 식탁 위 액자에는 박동자를 빼닮은 강정은의 사진이 있습니다. 사진에서 엄마의 노랫소리가 들리는 듯합니다.

– 밧줄로 꽁꽁 밧줄로 꽁꽁 꽁꽁 묶어라 내 사랑이 떠나지 않게…….

"너, 너 같은 상팔자가 있나. 똥자, 네 친구들 한번 돌아봐라. 일하랴, 애 키우랴, 밥해 대랴, 모두들 눈코 뜰 새 없이 사는데, 허이구야, 우리 똥자는 팔자도 좋지. 아침에는 시원한 오피스텔에서 만화책이나 읽다가, 오후에는 학원이라구 나가서 단소 몇 번 불면 돈이 쌓여, 저녁에는 공부한답시고 참선원에 앉아 세월아, 네월아……. 그것도 모자라서 입산출가? 요즘은 절이 노처녀 셸터라든?"

"셸터? 피난처? 무슨 말씀을 그렇게……."

- 이 여자가 내 친엄마 맞나?

나는 가끔 이런 생각을 하지만 드러낸 적은 없습니다. 엄마와 똑같은 두두룩한 눈두덩이 증명하니까요.

"결혼 조르는 애인이 있어 봐라. 네가 그런 꿈을 꾸나. 똥자, 너, 시연이 가고부터 제정신 아니야. 내가 뭐랬냐. 그 저 남자는 먼저 몸으로 잡고 봐야 한다고 했지? 지가 무슨 동정녀라고 약혼 시계까지 받았으면서 몸을 사려. 키스는 되고 섹스는 안 된다니, 그러니 구닥다리 노처녀 단소 선 생 소리를 듣지. 너 그거, 심각한 결벽증이야."

말로는 엄마를 이겨 본 적이 없습니다. 언제나 옳고, 언제나 당당합니다. 누구도 의지하지 않고 누구도 두려워 하지 않습니다. 풍이 와서 왼손과 왼발에 힘을 잘 못 주면 서도 큰딸, 작은딸과 같이 살기를 거절한 엄마입니다. 혼 자 기어가서 용변을 보고, 혼자 집 안을 치우고, 혼자 장을 보고, 혼자 택시를 불러서 작은딸 집에 갑니다. 큰딸 집에 서는 한 번도 잠잔 적이 없습니다.

- 네 집은 불편해.

나도 아버지보다 엄마가 더 불편합니다. 시연과 동해 안에 여행 간 것을 아버지에게는 털어놓았지만 엄마와 동희에게는 말할 수 없었습니다. 두 사람은 아직도 내가 결혼 전에는 남자와 절대 자지 않는 처녀막 수호주의자쯤으로 알고 있을 것입니다. 더 이상 엄마의 입담에 휘말리지 않으려고 나는 단전 호흡에 들어갑니다. 호흡이 고르지 않은 것은 삼십삼 년 애증의 기억 뭉치 때문일 겁니다.

"당분간…… 못 뵐 거예요. 길면 몇 년."

"몇 년? 몇 년이나 잠수한다고? 병든 엄마 팽개치고, 쌍둥이에 치여 앞뒤 못 가리는 동생 놔두고 잠수한다고?"

"잠수 아니에요. 이렇게 미리 말씀드리잖아요. 공부하러 간다니까요. 그리고…… 동희가 있잖아요."

엄마가 천천히 몸을 돌려서 나를 봅니다. 손에 든 밥주걱에 밥풀이 잔뜩 묻은 걸 보니 또 밥이 진가 봅니다. 고슬고슬한 된밥과 죽 비슷한 진밥. 내생에서 엄마와 모녀로 다시 만날 확률이 제로이기를 기도하고 싶을 만큼 나는 진밥이 싫습니다. 하지만 엄마와의 마지막 만찬인 지금도 나는 저 곤죽 밥을 먹어야 하나 봅니다. 마지막입니다. 마지막이니까 맛난 듯이 먹어 줘야 하지만 혓바닥과 이에 엿처럼 달라붙는 진밥을 어떻게 맛나게 먹을 수 있을지 걱정입니다.

"너, 똥자, 정일인가 뭔가 하는 땡중과 어울려 다니더니, 그예 일내는구나."

"헐, 엄마, 어떻게… 딸이 존경하는 법사님을 땡중이라니요."

"법사도 남자다. 모쪼록 기운 펄펄한 사내 가까이는 가지 마라. 다친다. 똥자, 너 같은 헛똑똑이 후리기는 일도 아니지."

"……출가는 제가 결정한 거예요."

"누가 뭐래냐. 똥고집 박똥자, 생긴 대로 사는 거지. 몸 아픈 데 없고, 속 썩을 일 없으니 복에 겨워서 출가니 뭐니. 쯧, 늙은 엄마 앞에서."

엄마는 밥 퍼낸 돌솥에 뜨거운 물을 부어 누룽지를 만듭니다. 고소한 누룽지 냄새에 왈칵 눈시울이 뜨거워집니다. 다시 못 먹을지도 모르는 엄마의 음식들. 갓 지은 돌솥 밥, 밀가루 입힌 민어구이, 당근 양파 들어간 계란찜, 새콤 매콤 오이무침.

"중은 아무나 하는 줄 아나 본데, 네가 맨날 애지중지 감는 그 긴 머리 싹둑 자르는 거, 집, 차, 친구 싸악 버리는 거, 넌 못할 거다. 내가 나잇살 쩜으로 관상 좀 보는데, 아무나 스님 되는 거, 절대 아니다. 언감생심, 똥자가 고결한 스님을 꿈꾸다니, 뜻은 가상하다만, 넌 그럴 위인이 못 돼.

네가 출가하자마자 반년 안에 돌아온다는 거, 장담한다. 실컷 쏘다니다 와라. 딱 육 개월이다. 그 뒤에 네가 돌아오면 엄마 장례 치르러 온 줄 알게."

"헐! 무슨 말씀을 그렇게 심하게 하세요. 장…… 장…… 례라니."

"그럼 뭐야? 멀쩡하게 잘 살다가 갑자기 머리 깎고 출가라니, 제정신이니? 내 딸 맞아? 배신을 때려도 유분수지, 이게 배 갈라서 낳고 키워 준 엄마한테 할 소리야?"

태아가 거꾸로 들어앉아서 제왕절개술로 낳은 것을 엄마는 내 탓이라고 합니다. 성질이 고약해서 배 속에서부터 발길질이 심했다고 합니다. 삼십삼 년 들어 왔으면서도 엄마의 힐난조 말투는 견디기 어렵습니다. 애기 때부터 동자를 똥자로 부르는 것도 적응불가입니다. 동희는 습관이 되어서 아무렇지도 않다는데 나는 늘 쓰라립니다. 똥희, 똥자……. 된소리가 듣기 싫으니까 그냥 동희, 동자, 예사소리로 불러 달라고 대학교 입학식 날 엄마에게 부탁했습니다. 엄마는 정색을 했습니다.

'네가 뭘 몰라서 하는 소리야. 옛날부터 애기를 너무 귀하게 키우면 삼신할머니가 심통 부려서 일찍 죽는다고, 애기들을 일부러 개똥아, 말똥아, 불렀어. 다 커도 마찬가지지. 난 너희들이 아직도 물가에 내논 애기 같아. 그리고 말이야 바른 말이지, 똥보다 귀한 게 어딨냐. 똥은 모이면 애물단지지만, 흩어지면 거름이야. 이게 바로 엄마가 병들어서 기어 다녀도 너희들과 같이 살지 않는 이유고 자존심이야. 난 너희들이 얼른얼른 흩어져서 애들 많이 낳고 오순도순 살길 바라. 그리고 말이야. 너희들은 다 컸다고 엄마를 상늙은이 취급하며 사사건건 가르치려 든다만, 스마트워치 사용법 정도는 나도 검색해서 잘 알거든? 쓸 일이 없어서 버벅댈 뿐이야."

잘난 척하는 엄마도 지금까지 모르는 사실이 있습니다. 스마트워치 낙상감지 기능 덕에 뇌졸중으로 쓰러진 엄마의 상태가 나에게 전달된 사실은 모릅니다. 하지만 엄마의 말대로 정일 법사의 조언에 따라 나의 오랜 망설임이 행동으로 이어진 건 사실입니다.

─ 어떻게 살아야 하나? 원장님은 왜 그런 질문을 하십니까? 기왕지사 태어난 가죽포대, 애지중지 모시며 사는 데까지 살아야지요. 이 가죽포대가 없으면 어떻게 구도자가 되겠습니까? 하지만 그런 물음표가 일상을 방해할 정도라면 한번 환경을 바꾸어 보는 것도 방법입니다. 출가에 큰 기대는 마십시오. 승가나 속가나 사람살이는 비슷합

니다. 마음이 바른 사람이 수행자고, 그 수행자가 머무는 곳이 절입니다. 어떤 마음으로 사느냐, 의 문제라는 것이지요.

— 출가는 무슨. 그냥 가출이지. 엄마 잔소리에도 걸려 넘어지면서 무슨 마음공부를 한다고.

누룽지를 퍼내느라 기울였던 돌솥을 제자리에 놓고서 나는 핸드백을 챙깁니다. 액자에서 엄마의 사진을 뽑아 챙깁니다. 야유회에서 한껏 멋을 부리고 노래하는 엄마. 서른세 살 때라니까 꼭 지금의 내 나이. 그래서 그런지 참 많이 닮았습니다. 엄마에게 무언가를 서운해 하는 자신을 들여다봅니다. 엄마가 출가를 말려 주기를 기대하는 걸까요? 다른 누구보다도 엄마가 말린다면 흔들릴 수밖에 없는 박동자를 나는 잘 압니다. 태생부터 밧줄로 꽁꽁 묶였으니까요.

— 사는 게 지루해서 바꿔 보려고 했는데, 그냥 살던 대로 살기로 했어. 치기 좀 부려 본 거지, 뭐.

엄마가 말린다면 못 이기는 척, 이렇게 엄마 핑계로 주저앉을 텐데. 동희도, 유 사부님도, 정일 법사도, 친구들, 회원들도 다 나의 변덕을 반길 텐데. 반기지는 않는다 해도 대놓고 비난하지는 않을 텐데.

"생활비는 동희가 드릴 거예요."

설거지하는 엄마 뒤에서 나는 조심스럽게 현관문을 엽니다. 배웅하지 않는 엄마가 나도 편합니다.

- 넌 그럴 위인이 못 돼. 출가하자마자 반년 안에 돌아온다는 거, 장담한다. 실컷 쏘다니다 와라. 딱 육 개월이다. 그 뒤에 네가 돌아오면 엄마 장례 치르러 온 줄 알게.

돌아올 곳을 없애는 엄마. 어쩌면 엄마는 딸의 출가를 기다려 왔는지도 모릅니다.

- 너희들 다 결혼하면 난 월악산 갈 거다.

월악산 사촌 언니와 같이 사는 건 엄마의 오랜 바람입니다. 동희에게 얘기 듣자마자 부동산에 집부터 내놨을지 모른다는 생각이 들자 미안함이 사라집니다. 각자도생

(各自圖生: 각자 제 길을 간다).

4. 경담 선사

- 대부분의 큰스님들은 작은 암자에서 정진하십니다. 어딜 가든 내 도반들이 있으니까, 내 얘기하면 도움이 될 겁니다.

정일 스님이 추천한 큰스님들은 얼굴, 경력, 법문이

잘 알려져 있었습니다. 충분히 검색한 뒤 절에 찾아가서 친견을 청했습니다. 스님을 뵈면 먼저 삼배 올린 뒤 단소를 선물로 내놓았습니다. 어떤 스님은 단소를 보지도 않고 옆으로 밀쳐놓았습니다. 내가 보는 앞에서 시자 스님에게 너 가져라, 주는 스님도 있었습니다.

"이거, 어떻게 부는 거요?"

묻는 노스님에게는 마음을 다 하여 상령산(上靈山)을 연주해 드렸습니다.

– 괜히 떠난 건 아닐까.

서울을 떠난 지 육 개월입니다. 석남사, 운문사, 송광사, 용화사……. 많은 절을 돌며 많은 스님을 만났습니다. 모두 스승으로 모실 만한 분이었지만, 박동자를 잡는 분은 없었습니다. 나이가 많다, 여자다, 구도심이 약하다 등등의 이유겠지요. 그동안 가장 견디기 힘든 것은 잠자리도 음식도 아닌 결벽증이었습니다. 어딜 가나 물을 만나면 미친 듯이 씻었고, 옷을 빨았고, 젖은 옷이라도 매일 갈아입었습니다. 생리혈은 왜 그렇게 많은지요. 나의 공부에 가장 방해가 되는 것은 내 몸뚱이, 바로 나였습니다. 좋아하는 거, 싫어하는 거, 요구하는 게 얼마나 많은지요. 몸은 서울을 떠나 있어도 마음으로는 수백 번 핸드폰을 켜고, 꿈속에서도 시연의 맨살을 만지는 못 말릴 나였습니다. 이 몸뚱이 하나 잘 모시려고 그렇게 열심히 돈을 번 거였구나, 이 박동자 비위 맞추느라고 주변 사람들 엄청 힘들었겠구나, 저절로 참회가 되었습니다.

– 여기서 밀리면 끝이다.

통도사행 버스를 타면서부터 불안합니다. 오늘 가는 곳은 통도사 삼소굴입니다. 삼소굴은 크기가 각각인 네 채의 기와집으로 이루어진 암자입니다. 십년 묵언으로 깨달음을 얻은 도인, 경담 선사의 선원으로 유명합니다. 안광이 세서 법문할 때마다 선글라스를 쓰신다고 합니다.

구십 세의 노선사는 흔들의자에 앉아 계십니다. 앉은 키가 등받이를 넘을 만큼 크고, 얼굴은 좌탈입망(坐脫立亡: 앉은 채 사망)하셨나 착각할 만큼 바짝 야윈 선사께 나는 삼배를 올립니다. 삼배 뒤에 무릎 꿇고 앉습니다. 전에 없이 낮고 깊게 머리를 조아립니다.

– 밀리면 끝이다.

절박감에 저절로 비굴해지고, 비굴해지는 자신을 보니 또 저절로 초라해집니다.

– 박동자, 정신 차리자. 너 잘 살았어. 누구보다 성실

하게, 정직하게 살았어. 넌 순수해. 그게 네 힘이야.

"스님⋯⋯."

말인지 울음인지 알 수 없습니다. 바르르 나도 모르게 말끝이 떨립니다. 홀연 눈물이 흐릅니다. 계속 흐릅니다. 멈추지 않습니다. 시자 스님이 휴지통을 밀어 줍니다. 회색 방석이 젖어서 까맣게 되는 걸 보며 웁니다. 헉, 헉, 가슴이 치받히듯 체읍합니다. 그저 끝없이 흐느끼는 박동자를 나도 이해할 수 없습니다. 선사는 흔들의자에 마르고 긴 몸을 파묻고 앉아서 물끄러미 나를 내려다보십니다. 반가사유상처럼 무슨 말을 하시는 듯합니다.

얼마나 지났을까요. 시자 스님이 홍보의 오죽단소를 꺼내어 선사께 드립니다. 이제 나는 이 짐을 여기다 부릴 수밖에 없음을 느낍니다. 박동자의 모든 것을 지금 여기에 놓아야 함을 느낍니다. 이 단소와 핸드폰과 결벽증이 출가의 가장 큰 걸림돌입니다. 걸림돌을 디딤돌 삼아 한 생을 바꿀 각오입니다.

"이게 뭡니까?"

앞뒤 없이 운 것이 머쓱하여 두 손을 만지작거리는 내게 시자 스님이 묻습니다.

"단소, 처음 보세요?"

눈물을 닦고 짐짓 미소까지 보이며 나는 단소를 잡습니다. 단소라면 자신 있습니다. 흘러내릴 듯 매끄러운 대나무의 촉감에 벌써 온몸이 단소 가락으로 출렁입니다. 이틈 없는 단단함, 이 그지없는 맑음, 이 흔들림 없는 꼿꼿함, 이 비할 데 없이 아름다운 천연의 대나무 선율을 지렛대 삼아 경담 선사의 순일한 넋에 닿을 자신이 있습니다. 닿으면 뭔가 다른 생이 시작될 것입니다. 몸은 진흙탕에 있어도 정신은 연꽃을 준비할 것입니다.

— 스님…….

단언컨대 이 순간만큼은 나는 천길 절벽 위에서 눈 감고 기도하는 구도자입니다. 열심히 순수하게 살아온 자만의 금강석처럼 단단하고 투명한 소리를 낼 준비가 되어 있습니다. 청성곡, 상령산, 타령, 도드리……. 어떤 곡이든 나는 리모컨으로 작동되는 CD처럼 연주할 수 있습니다.

— 여기까지!

그 뒤는 평생 비밀로 할 것입니다. 맛 잃은 요리사, 귀 먹은 지휘자, 목 막힌 가수, 한 곡은커녕 바람 소리조차 내지 못한 박동자.

까맣습니다. 사방팔방이 캄캄합니다. 이따금 반딧불

이가 날아다닙니다만 그래도 풀벌레 울음소리조차 숨은
듯, 사악한 어둠입니다. 공양주 보살이 흔들어 깨우는 바
람에 얼결에 일어나서 얼결에 세수하고 얼결에 뒤따라온
길입니다. 내려다보이는 선방에는 수좌(선 공부하는 스님)들이
가득합니다. 오륙십 명은 될 듯합니다. 누군가 치는 죽비
에 맞추어 세 번 절하고 모두 앉아 좌선에 듭니다. 절 세 번
으로 새벽 예불은 끝인가 봅니다. 허리 굽은 공양주 보살
은 느리게 발을 떼어 선방 왼쪽 위의 조그만 법당으로 향
합니다. 법당에서도 보살은 세 번 절하고 곧 처소로 내려
갑니다. 내가 없는 듯한 행동입니다. 따라 내려가려다가
나는 그냥 법당 문턱에 걸터앉습니다. 문밖 어둠을 향해
두 줄로 등 대고 앉은 수좌들이 환히 내려다보이는 선방,
그 밑으로 희미한 지붕선만 보이는 삼소굴과 그 맞은편 공
양주 보살의 처소. 처소로 향한 길은 완전범죄 소굴처럼
숨어서 전혀 보이지 않습니다.

　－ 어떻게 살아야 하나.

　익히 머리로 알고, 익히 가슴으로 알고, 잘 살아 왔다
고 자부함에도 나에게는 답이 없습니다. 들숨에도 어떻게
살아야 하나. 날숨에도 어떻게 살아야 하나. 숨 쉬는 한, 느
낌이 있는 한, 의식이 있는 한, 생의 한가운데에 부표처럼

뜬 물음표.

– 어떻게 사나.

법당 문턱에 앉아 깜박 졸았나 봅니다. 영원불변할 것 같은 어둠이 아니라 멀쩡한 아침입니다. 머물 각오였는데 다시 여기를 떠나야 하나 봅니다. 가라는 사람은 없지만 잡는 사람도 없습니다. 아니, 사람뿐 아니라 보이는 모두가 나를 삼소굴 밖으로 떠밀음을 느낍니다. 처소에 내려오니 공양주 보살이 공양간 쪽을 턱짓합니다. 그러고 보니 어제 낮 공양, 저녁 공양 때에도 턱짓으로 공양간을 가리킨 듯합니다. 묵언 중인가 봅니다. 나는 대접에 밥과 된장국을 버무려서 마시듯이 먹고 백 팩을 챙깁니다.

선사는 여전히 등 높은 흔들의자에 몸을 파묻고 앉아 계십니다. 나는 작별의 삼배를 올리고서 무릎 꿇습니다.

– 스님, 스님, 스님…….

비틀거리던 어제의 나를 지나, 단소 소리 못 내는 박 동자를 지나, 다시 새하얀 백지로 선사 앞에 앉습니다. 선사는 두 손으로 손뼉을 칩니다.

"이 소리가 어데서 왔노?"

손뼉법문입니다. 식자우환(識字憂患: 아는 게 병). 대답하

67

는 순간 대답에서 멀어지는 걸 알기에 나는 묵언합니다.

– 아는 것을 떠나기가 이렇게도 어려운가.

박동자에게 새삼 진저리 칩니다. 엄마가 나를 똥자라고 부르는 이유를 알 것 같습니다. 자신을 싫어하는 자신을 보면서 비웃는 박똥자.

시자 스님이 두루마리를 내놓습니다. 두루마리를 펴보니 선사 특유의 글씨가 까르르르 어린아이처럼 웃고 있습니다. 일본에서 더 많이 알려졌다는 도필(道筆) 경담체입니다.

– 옥림방풍(玉林芳風).

선사께서 말씀하십니다. 낮고 잔잔한 음성으로 증손녀에게 타이르듯 말씀하십니다.

"삼소굴을 나서면 돌도 많고 물도 많대이. 돌멩이에 채여 넘어지지 말고 물기에 미끄러져 옷 버리지 말고 잘 돌아가거래이."

저승꽃 핀 갸름한 얼굴에 눈빛은 맑고 깊습니다. 숨쉬는 반가사유상께 나는 다시 삼배를 올립니다. 삼소굴에서 만난 사람들이 왜 묵언하는지를 비로소 깨닫습니다. 아무리 좋은 소리도 묵언의 세계에서는 쓰레기입니다. 단소 소리가 안 나길 정말 다행입니다.

5. 정일 법사

"옥림은 아름다운 숲, 방풍은 향기로운 바람. 지금 사는 곳이 아름답다, 그런 뜻이겠지요."

두루마리 속 네 글자, 옥림방풍을 본 정일 법사의 해석입니다. 삼소굴에서 통도사 쪽으로 내려가는 길에 홀연 나타난 법사입니다.

- 설마, 나를 기다렸나?

법사도 남자, 라던 엄마의 말이 저절로 떠오릅니다. 내 속내에 대답이라도 하려는 듯, 삼소굴 선방의 도반을 만나러 오는 길이라고 법사는 해명합니다.

- 그 여자, 단소 선생이라면서 소리도 못 내더라.

언젠가는 소문이 법사의 귀에 들어가겠지, 생각하니 절로 사지가 쪼그라듭니다. 소문 따위를 겁내다니, 출가는 멀고 먼 길인가 봅니다. 사방팔방 어둠 속, 법당 문턱에 앉은 박동자가 떠오릅니다. 등산 초보자가 히말라야를 꿈꿀 수 없음을 깨달은 게 삼소굴에서의 소득입니다. 손뼉 소리를 깨닫지 못하면 다시는 삼소굴에 가지 못할 것입니다. 내 몸 밖이 다 삼소굴입니다. 더는 갈 곳이 없음을 느낍니다. 노스님들은 몸뚱이가 더 이상 쓸모없다고 생각되면 깊은 산속으로 들어가서 생을 마감한다고 합니다. 스스로 고려장. 그러나 나 박동자는 잘 살고 싶습니다. 어떻게 해야 잘 사는 것인지 꼭 알고 싶습니다. 알고 실천하려고 이 고생을 하는 중입니다.

"법사님 계시는 소상암이 어디에요?"

"저쪽 골짜기 중턱, 우묵한 숲속의 움막인데, 가 보시렵니까?"

"갔다가 돌아올 수 있나요? 시내 나가는 막차를 타야 해서요."

대답을 기다리지 않고 법사는 내 백 팩을 자신의 등으로 옮깁니다. 구월의 바람이 산뜻합니다. 좁은 길가에 노랑, 보라, 분홍 꽃들이 한들거립니다. 사람 손이 닿지 않는 숲속은 크고 작은 나무들로 빽빽합니다. 출근길 1호선 지하철 같습니다. 1호선 지하철이 끔찍해서 국악단을 떠났지요. 3호선 지하철이 징그러워서 엄마를 떠났지요. 다시 만원 지하철을 탄 듯한 이 느낌. 살아서는 못 벗어날 것만 같은 이 숨 막힘은 무엇일까요. 숨을 안 쉬어야 숨이 막히지 않는 것인가요.

— 사랑해.

말로, 손으로, 입술로 표현하는 '사랑해'. 생전 처음 남자에게 듣는 '사랑해'. 혓바닥을 뽑을 듯 깊은 입맞춤의 '사랑해'. 제주도 여행을 망설이자, 망설임 없이 버려지는 '사랑해'.

계속 전화하고, 카톡하고, 문자를 보내니까 드디어 시연에게서 답이 왔습니다.

– 끝.

장난치는 줄 알았습니다. 구백 일이나 아무 탈 없이 만났는데 도대체 왜? 탈 없이 만난 게 탈이라는 건 나중에 알았습니다. 정상적인 연인이라면 티격태격했어야 했습니다. 성인 남녀가 싸우는 건 어리석은 짓이라는 선입견으로 의견이 다른 건 무조건 양보한 결과였습니다. 제주도에 다른 여자와 갔다는 건 나중에 알았습니다. 더 젊고 더 예쁘고 더 돈 잘 쓰는 여자를 만나자마자 망설임 없이 버려지는 박동자의 존재 가치. 애초 존재할 가치가 있기나 했던 걸까요. 좋은 인간, 좋은 애인, 좋은 선생님, 음악과 인간이 일체인 단소 연주자로서의 존중감이 한순간에 무가치해지는 걸 속수무책 지켜보는 박동자. 먹을 수 없고, 잘 수 없고, 숨 쉬는 것도 끔찍했습니다.

– 아니, 이시연이 없다고 박동자가 이렇게 무너지나.

사랑? 정말 사랑했나? 그냥 섹스 아니었어? 몸뚱이가 즐 거우니까 혼 빠진 거 아니야?

그러나 현실은 이성적이 아니었습니다. 낚싯바늘을 문 민물장어가 되어 몸부림치는 박동자를 나도 어쩔 수 없 었습니다. 풍류원에 나가지 않았고, 오피스텔에서 나가지 않았습니다. 폭식과 금식으로 몸뚱이가 뒤틀리는 나를 나 는 아주 기분 좋게 지켜보았습니다. 동희가 문을 따고 들 어오지 않았다면 그대로 끝났을지도 모릅니다. 눈을 떠 보 니 응급실이더군요. 산소 호흡기. 나는 처음으로 숨쉬기를 배우는 것처럼 기계의 산소를 빨아들였습니다. 신선한 산 소! 달콤한 산소! 이렇게 좋은 것을!

정일 법사에게 이끌려 찾은 선방 역시 신선했습니다. 적요한 선방, 참선에 든 백여 명의 숨소리가 절대 절명의 기도 소리 같았습니다.

─ 남녀끼리의 감정놀음, 끝이 뻔한 설렘, 헛되고 헛된 걸 알면서 뭘 그리 집착하십니까. 고통은 수행의 좋은 친 구입니다. 원장님 자신에게 친절하십시오.

정일 법사는 호흡을 가르쳐 주었습니다. 허리를 곧추 세우고 호흡을 가다듬고 '이뭣고' 참구하라고 했습니다. 시 간이 가니까 아주 조금씩 숨통이 트이는 게 느껴졌습니다.

내가 나를 아무 감정 없이 그냥 살덩어리로 볼 수 있다는 게 신기했습니다. 연애라는 게 집착과 망상임도 배웠습니다. 인간사 봄여름가을이다, 모든 인간이 여름을 견디기 힘들어한다, 는 것도 이해했습니다. 그러나 딱 그 때뿐이었습니다. 선방을 나서면 다시 시궁창으로 고꾸라졌습니다. 오피스텔에 들어서자마자 통곡, 통곡, 통곡……. 지금 생각하니, 왜 울었나 싶습니다. 한 편의 짧은 영화에 너무 많은 눈물을 퍼낸 게 의아합니다. 심심한 백수 제비와 스킨십 그리운 꽃뱀의 그렇고 그런 영화에 왜 울어?

가파른 바위가 나오자 법사가 손을 내밉니다. 넓고 두툼한 손입니다. 기암괴석이 연이어 나타나니 손을 안 잡을 수도 없습니다. 바위의 행렬이 끝난 뒤는 길이 있을 것 같지 않은 숲속입니다. 비포장도로라도 SUV 차량 정도 다닐 만한 길은 있는 줄 알았습니다. 소상암도 여느 암자처럼 작은 기와집 정도의 규모는 되는 줄 짐작했습니다. 정신없이 끌려다니다가 그런 생각이 들었을 때는 이미 한 시간쯤 숲속을 헤맨 뒤입니다. 내 키보다 높은 바위에 올라서서야 잡은 손을 놓습니다.

내리꽂는 물소리에 귀가 먹먹한 폭포, 그 위의 너른 바위에 납작 엎드린 움막이 있습니다. 머리를 숙이고 들어

가니 침대 넓이의 방 하나가 전부입니다. 너무 어두워서 방에 이불이 있는지 불상이 있는지 가늠조차 어렵습니다. 주변으로 부엌, 화장실로 보일 만한 가건물이 없습니다. 앞은 편편한 바위, 그 밑은 폭포, 뒤는 풀무더기가 듬성듬성한 비탈 바위, 바위 위는 산입니다.

– 어떻게 내려가야 하나.

오자마자 내려갈 생각부터 합니다. 산에는 어둠이 빨리 옵니다. 통도사 시내버스는 6시가 막차입니다. 다행히 약혼 시계는 야광이라 시침과 분침이 어두울수록 또렷합니다. 5시. 오르막길보다 내리막길은 더 자신이 없습니다. 자칫 고꾸라져서 발목이라도 삐끗하면 산속에서 고립될지도 모릅니다.

– 어떻게 내려가야 하나.

지금껏 어떻게 사나, 가 숙제였는데, 이제는 어떻게 내려가나, 가 숙제입니다. 내려만 가면 사는 문제는 가뿐히 해결할 듯합니다. 다음 행선지를 못 정했다고 해도 수도, 전기 없는 퀴퀴한 움막에서 묵는 건 아니지요.

"이제 내려가요, 법사님."

"나는 안 내려갑니다. 한 번 오면 일주일 이상 머뭅니다. 원장님도 같이 수행하시지요."

법사는 바위를 손바닥으로 휘휘 쓸더니 승복 자락을 펴고서 앉습니다. 갑자기 폭포의 물소리가 세차게 귓전을 때립니다. 물소리가 아니네요. 손뼉 소리입니다.

– 삼소굴을 나서면 돌도 많고 물도 많대이. 돌멩이에 채여 넘어지지 말고 물기에 미끄러져 옷 버리지 말고 잘 돌아 가거래이.

소성암이 깔고 앉은 거대한 바위가 문제입니다. 이 깎아지른 바위만 내려가면 어찌어찌 길을 찾아갈 듯합니다. 산에서 길을 잃으면 물길 따라 내려가면 됩니다. 나무들에 가려 통도사는 안 보이고 삼소굴도 안 보이지만 내려가면 있다는 건 확실합니다.

"원장님, 지금 내려가면 다시는 기회가 없을지도 모릅니다. 어떻게 살아야 하나, 물음표가 계속되는 한 세속의 일상은 괴롭습니다. 그래서 떠난 거 아닙니까?"

거대한 바위일지라도 군데군데 골이 있습니다. 골에는 흙먼지가 날아와 쌓이고, 흙에는 풀포기가 어우러져 삽니다. 풀을 한 주먹 가득 잡고 힘껏 당겨 봅니다. 의외로 전혀 뽑힐 기미가 없습니다. 나는 먼저 백 팩을 아래로 밀어 버립니다. 무게 탓인지 백 팩은 둔중한 소리와 함께 멈춥니다. 노트북과 핸드폰이 망가졌을 법합니다.

－ 실컷 쏘다니다 와라. 딱 육 개월이다.

홀연, 엄마 생각이 납니다. 지난 육 개월이 육십 년처럼 느껴집니다.

－ 엄마, 죄송해요.

뭐가 죄송한지 나도 모릅니다. 엄마의 힐난조 말투가 그립습니다. 질어서 밥주걱으로 푸기도 힘든 돌솥 밥, 짭조름한 오이무침, 바삭한 껍질의 민어구이……. 그러고 보니 점심을 걸렀습니다. 진밥보다 더한 물밥이라도 좋으니 밥을, 엄마 밥을 먹고 싶습니다. 엉뚱하게도 이 심각한 순간에 그리운 건 엄마 밥뿐입니다. 돌솥에 뜨거운 물을 부어 만든 누룽지를 마구 퍼먹고 싶습니다. 생각만으로도 누룽지를 실컷 먹은 듯 기분이 나아집니다. 오이무침을 떠올리니까 입안 가득 침이 고입니다. 어느덧 허기가 가시고 정말로 배가 부릅니다.

－ 엄마!

나는 두 손으로 풀 더미를 잡고서 조심조심 오른발로 아래 풀 더미를 찾습니다. 바위가 미끄러워서 운동화의 앞 끝이 풀 더미에 잘 박히지 않습니다. 몇 번 발길질을 하니까 앞 끝에 고정된 느낌이 옵니다. 그런데 더 이상 움직일 수가 없습니다. 다음 풀 더미를 잡고서 그 다음 풀 더미에 왼발을 박아야 하는데 몸을 굽힐 수가 없습니다. 바위에 달라붙은 꼴입니다.

"고집 그만 부리고 내 손 잡으십시오."

승복 자락이 눈앞에서 펄럭입니다. 법사의 손이 내 손에 닿으려는 순간 나는 두 손 두 발로 바위를 힘껏 참니다. 최대한 멀리 몸을 날립니다. 어딘가 부딪히고, 어딘가 뼈가 부서질 정도로 깨지는 느낌이 있습니다. 몸은 통증으로 얼얼한데 기분은 단소 가락처럼 날아갑니다. 가벼워도 날지 않고, 슬퍼도 저 혼자 울지 않고 견디는 단소 가락입니다. 경담 스님 앞에서는 소리도 못 냈지만, 그래도 인간 박동자 하나쯤은 울리지 않고 견뎌 주는 소리입니다.

백 팩이 무겁습니다. 도저히 짊어지고 갈 엄두가 안 나네요. 현금, 속옷을 허리 색에 담고 백 팩은 풀숲에 내려놓습니다. 시계를 벗어서 백 팩에 넣었다가 다시 꺼냅니다. 둘이 남산 팔각정 가로등 불빛 아래 붙어 앉아서 주고받은 약혼 시계입니다. 시연이가 전 재산을 털어서 샀다고 호들갑 떨며 선물한 외제 시계는 지금껏 탈 없이 잘 갑니다.

– 시계는 그냥 시계지. 버릴 것까진 없어. 언젠가는 멈추겠지. 그 때 버리면 돼.

나는 시계를 손목에 차고서 랜턴 기능을 작동시킵니

다. 작은 불빛으로도 주변이 환합니다. 막차를 탈 수 있을지, 출가할 수 있을지, 미지수지만 우선은 환합니다. 노트북, 핸드폰, 지갑, 옷들이 든 백 팩을 다시 한 번 내려다봅니다. 내가 이 낯익은 껍질을 벗고서 가볍고 만만하게 나머지 삶을 살아갈 수 있을까요. 이 크고 무거운 백 팩이 나의 지난 삼십삼 년이라면, 허리의 이 작고 가벼운 쌕은 앞으로 내가 살아가야 할 삼십삼 년이 되겠지요. 걸음을 옮기려다가 나는 뒤를 돌아봅니다. 붉은 노을을 등지고 법사가 서 있습니다.

"원장님, 내가 여기에 왜 왔다고 생각하십니까?"

"네? 삼소굴 도반 만나러 왔다면서요. 아닌가요?"

"모든 우연은 뿌리를 따라가 보면 다 필연이지요. 단소 부는 보살 오면 알려 달라고 도반들 단톡방에다 올린 지가 일주일 전인데, 어젯밤 연락을 받았습니다."

"저를 찾아온 거라고요? 왜…… 요."

"……."

침묵이 깁니다. 아, 이건 뭔가요. 뭔가가 내 뒷덜미를 잡습니다. 나를 못 떠나게 하는 뭔가가 있습니다. 선명하지는 않지만 분명히 있습니다.

"박동희 선생님의 부탁을 받았습니다."

"동희……. 어, 엄…… 엄마!"

"혼자 쓰러지셔서……."

나 박동자는 나밖에 모릅니다. 좋은 선생님, 좋은 애인, 좋은 딸, 한 번뿐인 삶을 어떻게 살아야 하나를 고민하는 인간다운 인간……. 치열하게 겉포장을 둘러도 결국 알맹이는 오직 나밖에 모르는 본성의 흉악함을 왜 이제 깨닫는 걸까요. 엄마는 왜 이런 식으로 철부지를 찌르는 걸까요. 백세 시대에 이제 겨우 환갑!

"월악산 자락에 잘 모셨습니다. 다 끝난 인연이라 생각하여 말씀 안 드리려고 했습니다만, 간다고 고집하시니, 어서 가 보십시오. 가서 사십구일 동안 억겁 인연의 예의를 다하십시오."

천천히, 아주 천천히 허리를 굽혀서 나는 백 팩을 짊어집니다. 이 무게를 짊어지고 요 모양 요 꼴로 더 살아야 한다는 걸, 이것이 겁외현재라는 걸 깨닫습니다.

유춘강

1966년 서울에서 태어났다. 신중초등학교, 은광여중고, 한국외국어대학교 스페인어과를 졸업 후 광고회사에서 카피라이터로 일했다. 처음 쓴 《29세》 가 여성동아 장편소설 공모에 당선된 이후 소설을 쓰고 있다. 현재 2008년부터 2012년까지 거주한 인도네시아의 자카르타에 있는 카페 '아노말리'와 '멜림바가든'을 배경으로 한 로맨틱 에세이 소설을 준비 중이다.

레
몬

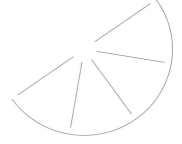

첫사랑의 향기를 잔뜩 품은 레몬이 새벽에 도착했다.

코를 박고 숨을 들이쉬면 심장 박동수가 빨라지는 묵직한 레몬 박스를 식당 안으로 들여놓았다. 핸드폰에 깔아 놓은 라디오 앱을 터치했다. 마법처럼 작은 식당 안이 튀어 오르는 물방울을 닮은 진행자의 목소리로 가득 채워진다. 그렇게 매일 아침 그녀의 목소리를 들으며 같은 하루를 시작한다.

다음 곡은 'Fools Garden의 <Lemon Tree>'입니다, 하고 진행자가 말하는 순간 레몬 박스를 뜯다가 피식 웃었다. 하필이면 이때? 순간 나의 생각이 팽창한다. 그 애는 잘 있을까? 레모네이드를 좋아하던 그 멍청이는 나를 잊었겠지만 나는 아직도 그 애를 기억한다. 추운 겨울 모퉁이에 드는 한 조각 햇살 같았으니까. 그러나 좋은 시간은 웃음의 깃털을 단 화살과 같아서 순식간이었다. 그래도 나는 하나도 빠짐없이 기억한다. 빛을 반사하는 작고 날카로운 유리 조각처럼 반짝이던 순간을.

날 위해 남겨 둔 토마토, 라즈베리 맛 하겐다즈 아이스크림, 머리를 쓰다듬던 잠결의 다정한 손길, 그리고 몽롱했던 눈빛. 불안하고 어린 우리였지만 빛을 향해 달려가는 것 같던 매혹의 순간들. 달콤했지만 종이에 베인 듯 예리한 아픔을 준 상처들의 시간이지만 그때는 그럴 수밖에 없었을 거야로 정리되는 모든 시간들을 잊지 않고 있다. 그래서 눈을 감는 마지막 순간에 떠오르는 영상이 그와 내가 하겐다즈 아이스크림을 나눠 먹으며 환하게 웃던 시절이기를 간절히 바란 적이 있다.

톡톡톡, 테이블을 손가락으로 튕기는 것처럼 음악이 흘러나왔다. 기억이라는 게 참 이상해서 그날의 향기, 그날의 음식, 그날의 노래와 접속되면 곧바로 과거의 한 장면이 바로 소환된다. 물속으로 레몬을 쏟아부으며 그 애와 라즈베리 아이스크림을 나눠 먹던 새벽을 생각했다. 그날 둘이서 먹다 남긴 라즈베리 아이스크림 통이 아직도 냉동실에 있다. 갑자기 궁금해진 나는 레몬을 씻다 말고 냉장고 쪽으로 가서 냉동실의 문을 열고 얼굴을 들이밀었다. 차가운 냉기가 얼굴에 닿았다. 이젠 그 애가 아니라 '그'라 해야 될 만큼 시간이 흘렀지만 나는 여전하다.

냉동실의 문을 열고 서서 남아도는 내 삶의 흔적들을 물끄러미 바라봤다. 꼭지를 잘라 냉동해 놓은 딸기, 딸 지호가 먹다 남긴 초코 맛 시리얼, 레몬 껍질 등이 지퍼백에 담겨서 얼린 채 쌓여 있다. 반쯤 먹다 남아서 그대로 넣어 둔 팥빙수도 있다. 지난여름에는 달콤했으나 지금은 얼음덩이, 그 이상도 이하도 아닌 팥빙수. 지나고 나면 사랑도 그렇다. 그런데도 나는 아직이다. 가끔씩 냉동실에 얼굴을 들이밀어 식혀야 할 만큼…….

'딸기잼이나 만들어 볼까?' 냉동 딸기에 눈이 가는 순간 그런 생각을 했다. 생각과 동시에 행동에 들어가는 성격이라 바로 냉동된 딸기를 꺼내 설탕과 함께 내열 유리그릇에 넣은 후 끓이기 시작했다. 단단하게 얼었던 딸기들이 설탕과 함께 녹아내리며 달달한 냄새로 좁은 레몬키친 안을 가득 채운다. 붉은 딸기가 뭉그러지면서 졸아 간다. 마치 내 오래전 첫사랑처럼. 사월의 딸기 같던 내 마음은 뭉그러져 흔적도 없는데 내 사랑은 씨앗처럼 남아 가끔씩 불편하게 씹힌다.

멍하니 내열 유리그릇 안에서 기억들이 딸기와 함께 졸아 가는 것을 지켜보다 완성된 잼이 식으면 소독해 놓은 병 안에 저장한다. 아, 그동안 나는 몇 병의 딸기잼을 만들었을까? 선반을 올려다보니 팔아도 될 정도로 병에 담긴 딸기잼이 줄을 서 있다. 뜨거웠지만 이제는 밀봉된 채 싱크대 선반을 장식하고 있는 딸기잼은 어쩌면 농축된 내 사랑의 기억인지도 모른다.

잼을 다 만들고 나니 어느새 아침 햇살이 창가로 들어와 테이블에 걸터앉는다. 맞은편은 햇살에게 내어 주고 앉아서 천천히 커피를 마신다. 출근 전이서 그런지 창밖을 통해 보이는 여름을 품은 거리에는 초록빛으로 물든 아침의 고요가 내려앉았다. 그 모습이 마치 씨스루 그린 같아 담담한 눈빛으로 바라본다.

너무 예리하게 빛나서 부서질 것처럼 화창한 아침에 비가 몹시 그립다고 말하면 미쳤다고 하려나? 기상청은 올해 장마는 유난히 길 거라고 예측했다. 아마도 지금쯤 태평양 어디선가 비구름이 만들어지고 있는 중이리라. 그리고 그 구름은 서서히 북상을 해서 점령군처럼 비의 여름으로 만든다. 온통 물에 젖은 여름을 사랑하기에 만화영화 <이웃집 토토로> 속의 비를 생각나게 하는 여름밤의 비와 함께 목까지 수분이 차오르는 나의 우기를 기다리고 있다. 그리고 일 년 중 딱 그 우기 동안만 나는 그를 생각한다.

2002년, 한일월드컵이 반지의 제왕을 탄생시킨 후 붉은 바람이 광풍처럼 휘몰아치다가 사라진 후 축구 열풍이 불었고 동네 애들은 공차기에 바빴으며 엄마들은 매주 토요일이면 아이들을 한강 축구교실에 보내며 붉은 전사로

키울 꿈을 꾸었다.

당시 중학교 3학년이었던 나는 도무지 이해할 수가 없었다. 뭐, 그때는 세상의 모든 것을 이해하고 싶지 않았다. 누가 나에게 꿈이 뭐냐고 물으면 '불행해지지 않는 것'이라고 말했을 정도였으니까.

월드컵이 밥 먹여 주나? 혹은 4강 진출하면 뭐 어쩌라고? 온통 세상을 각진 눈빛으로 바라보던 나에게는 모든 것이 다 시큰둥했다. 붉은 파도가 휩쓸던 월드컵 기간이 고모네 편의점에서 알바 아닌 알바를 하는 나에겐 오히려 악몽이었다. 밀려드는 손님으로 돌아 버릴 지경이었다.

내가 굳이 고모네 편의점에서 야간근무 도우미를 자청했던 것은 한가한 편의점의 시간, 사물들과 나만이 있는 열두 시부터 네 시 사이의 시간이 좋았기 때문이었다. 그런데 그 시간이 통째로 날아가 버렸으니 악몽일 수밖에. 말 그대로 밀려드는 손님이 나에게는 열두 시 땡 치면 찾아오는 붉은 악마였다. 그러나 그것도 잠시였다. 세상 모든 것이 그렇듯 한 번 지나가면 언제 그랬냐는 듯 잊히는 것처럼 월드컵도 그랬다.

붉은 바람은 사라지고 언제 월드컵을 했었는지 잊어갈 무렵 놀이터에서 동네 병신을 만났다. 물론 '동네 병신'

은 내가 그를 부르는 별명이었다. 그냥 지나치려다가 며칠 전 고모가 전교 일등도 과학고를 떨어지냐고 나에게 물었던 것이 생각나서 잠시 멈췄다. 웅크린 채 앉아 있는 그를 발견한 순간 '혹시 저 등신이 아파트 옥상으로 올라가는 거 아닌가?' 하는 생각이 머리에 스쳤기 때문이었다. 공교롭게도 한 달 전 중학교 2학년 남학생이 아파트에서 떨어져 자살하는 일도 있었기에 쓸데없는 오지랖이 발동했다. 자살자는 또 다른 자살자를 부른다는 호러 영화 같은 상상을 하지 않았다면 그 애와 나는 아무런 일도 일어나지 않았을 수도 있었다. 나의 너무나 풍부한 상상력과 그놈의 일말의 동정심 때문에 모든 것이 달라진 셈이다.

웅크린 어깨를 보니 절망 덩어리가 벤치에 앉아 있는 것 같았다,

"레모네이드 먹을래?"

울고 있는 동네 병신에게 다가가 말하자 씹던 껌을 삼키 듯 꿀꺽 울음을 삼켰다. 그 모습이 너무나 바보 같아서 피식 웃음이 새어 나왔다.

"너는 대체 시험이 뭐라고 놀이터에 숨어서 우냐? 저 꼬마들이 뭘 보고 배우겠냐?"

나는 놀이터에서 그네를 타느라 정신없는 애들을 가

리키며 말했다.

"네가 내 맘을 알아?"

선우는 썬키스트 레몬에이드를 만지작거리며 뚱한 목소리로 말했다.

"내 맘도 모르는데 어떻게 네 맘을 알겠니. 빙신아. 그래도 좀 찌질한 거 아니냐?"

말은 그렇게 했지만 과학고를 떨어지고 놀이터 구석, 낡은 벤치에 앉아 울고 있는 멀쩡한 병신이 안쓰러워진 것은 처음이었다. 그의 이름은 선우였다.

그 시절 우리 동네에서 선우가 공부 잘하는 걸로 모르는 사람이 없었다면 나는 '나 홀로 날라리'로 모르는 사람이 없었다. 선우는 뭐가 되도 될 놈이고, 나는 대체 저게 뭐가 될까? 하는 눈으로 어른들이 쳐다보는, 꼴리는 대로 사는 아이였다. 게다가 나는 무협지의 주인공도 아니면서 풍찬노숙에 가까운 생활을 하고 있었다.

혈혈단신이 소설에나 나오는 말인 줄 알았다. 그런데 나중에 보니 내가 그 혈혈단신의 주인공이 되어 있었다. 그때 나는 세상을 향해 이단옆차기를 날리고 싶었고, 나를 세상에 태어나게 한 '분'들을 고소하고 싶은 심정이었다. 그때 고모가 나를 부르던 별명은 봉선화였다. 톡 하고 건

드리기만 해도 터진다고. 돌아가신 고모부는 발광하는 나를 꼬랑지에 불붙은 강아지라고 웃으면서 말씀하셨다. 그런 와중에 놀랍게도 오래전에 헤어진 선우를 놀이터에서 재회한 것이다.

선우와 나는 같은 산후조리원 출신이었다. 그러니 태어날 때부터 알았다고 해도 틀린 말은 아니다. 엄마끼리는 같은 동네에 살았기에 친했다. 덕분에 우리도 늘 세트로 움직였다. 유치원 다니는 내내 짝이었기에 항상 손을 잡고 다녔다. 떨어지면 어느 틈엔가 와서 선우가 손을 잡았다. 심지어 초등학교 1학년 때도 짝이었다. 그러나 그것도 '일년춘몽'에 그쳤다. 초등학교 2학년 때 선우의 엄마가 강력하게 항의를 하는 바람에 짝이 바뀐 것이다. 항상 피아노학원, 영어학원, 수학학원 그리고 논술학원까지 같이 다녔던 터라 선우는 울고불고했지만 선생님과 그의 엄마는 완고했다.

이유는 단 하나, 애는 똑똑한데 부모가 이상해서였다. 여덟 살인 내가 보기에도 우리 부모는 이상했다. 특히 아버지가 이상했다. 엄마는 그런 아버지를 참아 주다가 어느 날 말없이 집을 나갔다. 어렸지만 막연하게 언젠가는 그럴지도 모른다는 생각을 했다.

학교에서 돌아오니 엄마가 없었고 아버지는 이제부터는 둘이 살게 되었다고 말했다. 엄마는 전화로 데리러 오겠다는 말은 했지만 나는 믿지 않았다. 나는 그냥 아버지에게 던져진 것이었다. 그리고 그 이후엔 아버지가 나를 고모에게 던졌다. 고모가 사는 동네의 초등학교로 전학을 간 나는 중학교에서 선우를 다시 만났지만 모른 척했다.

광고회사의 잘나가는 아트디렉터였던 아버지를 기억하면 떠오르는 것은 인디언 핑크색 바지를 입은 아버지의 긴 다리뿐이다. 고모 말처럼 나쁜 사람은 아니었지만 철이 없는 사람이었다. 어린 내가 보기에도 그랬다. 지금도 나는 아버지를 떠올리면 음악 좋아하고, 아름다운 것을 보면 감탄사를 연발하던 모습이 기억난다. 고모는 늘 말했다. 아무래도 조상 묘를 잘못 쓴 거 같다고. 내 생각도 그렇다. 그렇지 않다면 내가 그런 사람을 아버지로 둘 수가 없다.

유치원에서 집에 제일 늦게 가는 사람은 항상 나였다. 어느 날은 나를 데리러 오겠다는 아버지가 한 시간이나 넘도록 오지 않았다. 일찌감치 포기한 선생님은 유치원 불을 모두 끄고 현관의 불만 켠 채 나를 데리고 앉아서 아버지를 기다렸다.

얼마쯤 기다렸을까, 아버지가 뿌리고 다니는 향수 냄

새가 초저녁 공기 안에 퍼지고 핑크 스니커즈에 인디언 핑크 바지를 입은 아버지가 '짠' 하고 나타났다. 어린 마음에도 창피해서 할 수만 있다면 옆집 아저씨가 대신 찾으러 왔다고 말하고 싶었다. 하지만 아버지가 내 아버지라는 건 유치원에서 키우는 강아지 퐁키조차도 말할 수만 있다면 '네 아빠 왔다'라고 할 수 있을 정도로 유명했다.

"예리서 아무래도 너라도 빨리 철이 들어야겠다."

선생님이 내 머리를 쓰다듬으며 비장하게 말했다.

"네."

"그런데 이름도 아빠가 지으신 거지?"

"<리빙 넥스트 도어 투 엘리스>를 제일 좋아해서 지었데요."

"어휴, 네가 고생이 많다. 선생님이 너를 위해 기도해 줄게 엘리스, 아니 예리서."

지금도 나는 가끔씩 생각한다. 누군가 나를 위해 기도하고 있다면 엄마도 아버지도 아닌 분명 그 선생님일 거라고…….

선우 옆에 털썩 주저앉아서 '썬키스트 레몬에이드'를 마셨다. 울어서 금붕어처럼 퉁퉁 부은 눈으로 나를 바라보는 선우의 눈이 지랄 맞게 예뻤다. 생각해 보면 그날 벤치에 앉아 있던 절망의 얼굴을 한 선우, 아니 불쌍함 그 자체였던 인간을 모른 척했어야 했다. 그랬다면 쓸데없이 딸기 잼을 만드는 일도, 16년이나 유통 기한이 지난 라즈베리 아이스크림을 냉동실에 처박아 두는 일도 없었을 테니 말이다.

"고마워."

"원 플러스 원이라 주는 거야. 다른 뜻은 없고."

"⋯⋯들었냐?"

풀이 죽은 선우가 물었다.

"뭘?"

'썬키스트 레몬에이드'를 마시며 빤히 선우를 봤다. 눈물에 젖은 긴 속눈썹이 곡선을 그리며 위로 말려 있었다. 잠시나마 그 청순한 눈물방울에 마음이 약해졌다. 늘 마시던 레몬에이드인데 그날따라 유난히 달고 상큼하게 느껴졌다. 왤까? 눈물이 그득한 선우의 눈에 내가 빠졌던 것일까? 지금 생각해도 내가 왜 그날 그냥 지나치지 않고 선우에게 다가갔는지 모르겠다. 세상 그 무엇에도 관심이 없었던 내가 말이다.

"시험에 떨어졌다고 동정하는 거 아니냐고."

선우가 훌쩍이더니 코를 삼키며 말했다.

"아 씨바알, 진짜 더러워. 먹을 게 없어서 코를 삼키냐?"

어이가 없어서 선우의 얼굴을 바라보다가 주머니에서 떡볶이 먹다가 챙겨 둔 냅킨을 꺼내 던졌다. 하필이면 하얀 냅킨이 불어온 바람에 날리더니 그의 얼굴에 척 달라붙었다. 눈물과 콧물 때문인지 들러붙어서 좀처럼 떨어지지 않았다. 그 순간 웃음이 터지며 입안에 있던 레몬에이드가 그의 얼굴로 뿜어져 나갔다. 선우가 말없이 젖은 냅킨을 얼굴에서 떼어 내며 한숨을 푹 쉬었다.

"병신아, 그런다고 땅이 꺼지냐? 그깟 과학고 떨어졌다고 인생이 폭망하니? 인생은 어차피 그지 같아. 그러니까 달라질 게 없어. 너희 엄마 자존심이 스크래치 날 뿐이지."

"자꾸 병신아 할래?"

억울하다는 듯이 말하며 선우가 레몬에이드와 눈물, 콧물에 젖은 휴지를 건넸다.

일면식도 없었다면 불가능한 일이지만 그와 나는 유치원 다닐 때부터 함께 급식을 먹어 온 사이라 말없이 받아서 주머니에 집어넣었다. 습관이라는 것이 무서운 게 유치원 다닐 때부터 우리가 헤어졌던 초등학교 2학년 때까지 선우가 건네는 휴지나 사탕 껍질 같은 것을 받아서 내 주머니에 넣는 버릇이 있었기에 너무나 자연스러웠다. 사실 그날 그 더러운 휴지를 받아서 주머니에 넣는 것이 아니었다. 그랬다면 아마도 나의 인생이 달라졌을 것이다.

"물티슈야. 닦아."

나는 신장개업한 중국집 앞에서 받은 물티슈를 꺼내 건넸다.

"이거…… 몸에 안 좋은 화학 성분이 있을 텐데."

"병신아, 방금 전까지 세상 뜨고 싶은 거 아니었어? 화장실 가서 봐. 눈물하고 콧물로 팩하게 생겼어. 싫으면 말고!"

"알았어."

망설이던 선우가 물티슈를 빼서 얼굴을 닦고, 코까지 풀더니 나를 봤다. 그와 나 사이에 잠시 있던 어색함은 이미 사라진 후였다.

"뭐?"

"……보고 싶었다."

선우가 물티슈를 접으며 말했다.

"미친놈"

눈물과 콧물이 사라지고 안경까지 쓰니 제법 봐줄 만했다. 그의 어머니가 동네방네 공부도 잘하고 인물도 좋아서 남에게 주기도 아깝다고 정신 나간 소리를 하고 다닐 만했다.

"아버지가 당분간 아버지라고 부르지 말라더라."

선우가 풀이 죽은 목소리로 말했다.

"네 아버지는 그래도 정상이잖아. 아버지를 아버지라 불러야 하는 건지 말아야 하는 건지 고민하는 나도 있어."

나는 벌컥벌컥 '썬키스트 레몬에이드'를 들이켜며 말했다.

선우가 알고 있다는 듯 고개를 끄덕였다.

선우가 알고 있다면 온 동네 사람이 다 안다는 이야기다. 하여간 내 팔자도 참 그랬다. 21세기 홍길동도 아니고 매일 아버지라 부를까 말까 고민하니 말이다.

이미 그때 알아 버렸다. 인생은 비루하다는 것을. 내 나이 열여섯 살, 남들은 sweet sixteen, 웃는 알파벳 'e'가 네 개나 겹치는 나이라서 행복하다는데 나는 늘 허무했다. 가끔씩 신이 인간을 통해 추구하고자 하는 궁극의 목적이 무엇인지 궁금했다. 신은 대체 이 시간에 어디로 산책을 나가셨기에 이렇게 나를 방임할까? 이렇게 중요한 시국에 그 위대한 능력으로 리셋이라는 것을 좀 해 보지 왜 나를 모른 척하는 걸까? 늘 그런 생각이 머릿속에서 시계추처럼 오락가락했다.

주머니에서 담배를 꺼내 물고 라이터를 켜자 선우가 아무렇지도 않은 얼굴로 바라봤다. 이상한 일도 아니다. 동네 사람들은 내가 담배를 피운다는 사실을 다 알고 있을 테니까.

"나는 할 수 있다면 말이지. 부모를 고소할 수 있는 제도가 있었으면 좋겠어. 낳았으면 자식의 기본 복지는 어느 정도 보장해 줘야 하는 거 아니니? 아, 너는 복지는 불만 없겠구나. 극성스런 엄마가 죄다 알아서 해 주니까……."

"나도 불만 있어. 나도."

선우가 입술을 깨물며 말했다.

"어?"

나는 담배 연기를 하늘로 날리다가 살짝 놀라서 선우를 봤다.

"너란 애도 불만이 있단 말이지?"

갑자기 신이 났다. 전교 일등에 화룡점정의 외모를 가진 덕에 밸런타인데이에는 조공을 바치듯 여학생들이 그에게 선물하는 초콜릿이 터져 나가서 여동생이 반값에 다시 판다는 소문이 돌 정도인데 불만이 있다니. 부모가 학부모회 대표로서 물심양면으로 학교를 지원하는 덕분에 선생님들의 기대와 지지를 한 몸에 받고 있는 선우가 모친에게 불만이 있다고 했으니 귀가 솔깃했다. 선우 엄마의 별명은 걸어 다니는 샤넬이었다.

"쉬는, 뭐든 자기 맘대로야."

"쉬? 영어의 그 'she'? 혹시 너 폰에 엄마를 '우리 집 그녀~'라고 저장해 놓은 거 아냐?"

선우는 아무 말도 하지 않은 채 '썬키스트 레몬에이드'를 마셨다. 혹시 'ㄴ'까지 있는데 탈락이 적용된 건가?

나는 선우를 빤히 쳐다보다 이놈 생각 외로 내면 일탈이 심하네, 라는 생각이 드는 순간 어이가 없어서 미친 듯이 웃다가 그만 벤치 뒤로 몸이 넘어갔다. 몸속에서 웃음이 거품처럼 부풀었다.

수만 광년 전에 출발한 성스러운 기운이 마침내 지구에 도착해서 아버지를 아버지라 부르지 못하는 나와 엄마를 'she'라고 부르는 그 사이에 갑자기 끼어드는 것 같은 강렬한 기분이라고나 할까? 너무 즐거워서 지금까지 복잡했던 머릿속의 뇌수가 갑자기 '썬키스트 레몬에이드'로 바뀌는 것 같은 기분이었다. 과격한 동작 탓에 벤치 뒤로 몸이 넘어가 보기 좋게 바닥에 곤두박질쳤지만 기분은 너무나 좋아서 미친 듯이 웃었다. 거꾸로 처박힌 채 본 하늘이 너무나도 푸르고 햇살은 반짝여서 눈물이 날 것 같았다.

선우가 손을 내밀었다. 햇빛을 등진 그의 뒤로 거대한 태양이 뜬 것처럼 눈이 부셨다. 나는 선우의 손을 잡고 일어나서 와락 끌어안았다. 그리고 말했다.

"우리 이제부터 다시 친구 할래?"

매일 아침 일종의 의식처럼 제일 먼저 칼을 갈고 날이 섰다 싶으면 물기를 제거한 후 바구니에 담아 둔 레몬을 썬다. 얇게 저며진 레몬이 쌓여 갈수록 '레몬키친'이라는 이름답게 식당은 상큼한 레몬 향으로 가득하다. 이 순간이 제일 좋다. 소렌토의 향기를 느낄 수 있으니까. 햇살이 눈부시고 바다에서 불어오는 바람도 절벽 사이의 레몬밭에 가득한 상큼한 향을 품고 있는 소렌토. 언젠가 다시 가게 된다면 그곳에 정착하고 싶다는 생각을 한다.

난생 처음 가 본 소렌토는 가로수가 전부 레몬 나무였다. 그래서인지 비라도 내리면 공기 중에는 톡 쏘는 레몬 향이 감돈다. 심지어 바람에도 레몬 향이 실려 있다. 에스프레소 한 잔을 앞에 두고 바라보던 거리가 눈을 감기만 하면 떠오르지만 눈을 뜨면 내가 있는 곳은 고작 8평짜리 작은 식당 안이다. 어쩌면 소렌토에서의 강렬했던 기억 때문에 겁도 없이 '레몬키친'을 시작했는지도 모른다.

나의 '레몬키친'은 두 가지로 유명하다. 민트를 으깨고 직접 짠 레몬을 넣은 '레모네이드'와 들어선 순간 만나는 계피 향과 레몬 향이 뒤섞인 오묘한 향이다. 말하자면 그 두 가지는 '레몬키친'의 시그니처인 셈이다. 항상 그 향을 유지하기 위해 늘 말린 레몬 껍질과 계피스틱을 구석구석 놓아두고, 하루에 한 번 계피스틱을 끓인다.

문정역 근처 비즈니스 타운에서 작은 식당 '레몬키친'을 시작한 지는 3년쯤 된다. 메뉴는 그때그때 다르지만 나름 규칙은 있다. 레몬이 모든 메뉴에 들어간다는 점이 가장 우선하는 규칙이다. 예를 들자면 레몬연어덮밥, 레몬샐러드, 레모네이드 심지어 그린카레에도 레몬이 들어간다.

음식과 사람의 공통점은 단순할수록 좋다는 것이 내 생각이라 메뉴는 다섯 가지 이상은 넘지 않는다. 더구나 작고 오픈형 주방이라 메뉴를 늘리면 난장판이 되어 버리기 때문에 메뉴는 최소화했다. 할 수 있는 것, 아는 것만 만들자는 것에서 시작한 탓에 매출이 높은 편은 아니다.

레몬키친은 보통 열 시에 문을 연다. 첫 손님에게 겨

울에는 레몬티를 여름에는 레모네이드를 서비스로 제공한다. 물론 손님이 원하면 레몬홍차로 바꿔 주기도 한다. 런치타임 준비를 마친 후 항상 테이블과 타일을 레몬 껍질로 닦는다. 레몬의 싱그러운 잔향이 남아 있는 식당 안을 정리한 후 반쯤 남은 커피에 얼음을 넣어서 들고 밖으로 나왔다.

오피스 타운이라 출근 시간이 한참 지난 열 시쯤의 거리는 한산하다. 해마다 봄이면 꽃을 활짝 피우는 벚나무에 물을 주고 그 옆의 목수국도 물을 준다.

레몬키친 앞의 벚나무를 애지중지하는 이유는 유난히 추운 어느 겨울, 옆집 샐러드 카페 '저스트 그린' 앞의 벚나무는 얼어 죽었는데 레몬키친의 유리창을 통해 보이는 벚나무는 살아남았기 때문이다. 그것이 대견해서 해마다 영양수액까지 자비로 맞히며 정성을 들인다. 대신 벚나무는 해마다 유리창을 분홍빛 구름으로 채워서 보답을 한다. 가끔씩 꽃 도둑질을 하듯 몰래 몇 가지 잘라 단 두 개뿐인 야외 테이블에 장식하기도 한다. 그럴 때마다 딸 지호는 몰상식하다고 하지만 '꽃 도둑'과 '책 도둑'은 용서가 된다고 근거 있는 큰소리를 친다. 아들 도둑질도 해 본 전력이 있는 나에게 '꽃 도둑질'은 경범죄 수준도 안 되기 때문이다.

오피스 타운이 밀집한 도시의 여름은 카페에부터 시작된다. 야외 테라스에 테이블과 의자들을 내놓고 여름을 준비하는 것이다. 일종의 도시 낭만이라고나 할까. 그런데 그 도시 낭만을 기가 막히게 즐기는 사람이 하나 있다. 겨울이면 선릉역에서 일하고, 여름이면 그 돈으로 빌딩 사이 노천카페에서 도시의 낭만을 즐기는 그를 나는 '숙자 씨'라고 부른다. 그는 자칭 돈을 낮은 곳으로 흐르게 하는 중차대한 임무를 맡고 있다고 한다. 인류 역사상 가장 오래된 프리랜서 업종인, 일종의 '구걸' 펀딩을 통해서 그는 몸소 실천하고 있다. 그는 겨우내 구걸로 모은 돈을 통장에 넣고 직불카드를 들고 다니며 인근의 동료들에게 무료 도시락을 제공하니 일종의 '구제사업'을 한다고도 할 수 있다.

이제 서서히 그가 레몬키친에 나타날 시간이다. 건너편 꽃가게가 문을 열 시간쯤에 트렁크를 든 '숙자 씨'가 나타난다. 나는 레몬키친 입구에 비스듬히 기댄 채 그가 나타나길 기다린다. 멀리서 트렁크 끄는 소리가 들려온다. 정말 거짓말처럼 '숙자 씨'가 문정역 입구 쪽에서 천천히 걸어온다.

재빨리 가게 안으로 들어가 컵에 얼음을 잔뜩 넣은

후 절인 레몬과 으깬 민트잎을 넣고 탄산수를 붓는다. 기포와 함께 싸한 민트 향이 올라온다. '숙자 씨'를 위한 웰컴 드링크가 준비된 셈이다. 무료로 제공하는 음료임에도 불구하고 그는 공짜로 먹은 적이 없다. 주변 카페의 시가로 계산한다며 돌아갈 때는 꼭 잔 밑에 돈을 놓고 간다.

숙자 씨가 요란한 트렁크 바퀴 소리와 함께 레몬키친을 스쳐 지나간다. 그의 기준으로 볼 때 정돈된 차림이 아니라고 생각되면 결코 아는 척을 하지 않는다. 십 분쯤 후의 일이 눈에 훤히 보여 씩 웃는다. 분명히 건물 내에 있는 화장실에 가서 머리를 빗고, 옷매무새를 정리하고 정확히 십 분후 쯤 식당 안으로 들어올 것이 분명하기 때문이다. 아니나 다를까 잠시 후 소나무 향이 나는 싸구려 스킨 냄새가 레몬키친 안에 확 퍼진다. 오래전 내 아버지에게서도 더 고급지지만 비슷한 향의 애프터 셰이브 스킨 냄새가 났다. 시트러스 계열의 '아라미스'였나, 이젠 너무 오래되어서 기억도 가물가물하다.

"오늘도 웰컴 숙자 씨."

그는 이미 창가 쪽에 자리 잡고 앉았다.

내가 그를 '숙자 씨'라고 부르는 이유는 '아저씨'란 호칭은 너무 구시대적이니 대신 하늘을 지붕 삼아 사는 '노숙자'의 줄임말인 '숙자'로 불러 달라고 해서다. 더구나 첫 사랑의 이름이 숙자였다고 하니 그렇게 부르지 못할 이유도 없었기에 지금까지 나는 그를 '숙자 씨'로 부른다.

"오늘도 일등이네?"

숙자 씨가 초록색 민트잎이 든 레모네이드를 보며 말했다.

"당연한 거 아닌가?"

숙자 씨와 나는 초면부터 말을 텄다. 그가 어느 날 갑자기 어린나이에 딱 보기에도 산전수전 다 겪은 거 같으니 맞먹자고 한 후 모든 존칭을 생략하는 평등한 관계가 되었다. 우주의 나이에 비하면 인간의 나이는 별것 아니라는 이유도 있었다. 그래선지 나는 숙자 씨가 처음부터 마음에 들었다.

그는 레모네이드를 단숨에 마신 후 잔을 내려놓더니 창밖으로 시선을 돌렸다. 담담함과 쓸쓸함이 그의 실루엣에 스며 있다. 석양이 지는 모퉁이를 홀로 돌아가는 느낌이다.

"사장, 딸은 잘 지내?"

숙자 씨가 갑자기 지호의 안부를 묻는다.

"학교를 때려치운다고 해서 일단은 휴학하라고 했어.

그냥 지구인으로만 살겠다고 선언하더니 그날부터 학교를 안 나가."

"지구인, 그것도 노숙자만큼 쉬운 일은 아닌데……, 그래서 찬성했어?"

"나 역시 학교와 친했던 사람이 아니라서. 당분간은 두고 보려고."

"공부도 잘했다면서 왜 갑자기 때려치워? 근데 공부 머리는 아빠가?"

숙자 씨가 예리하게 치고 들어온다.

"나도 머리는 좀 있어. 안 그랬으면 내가 오늘까지 살아 있었겠나?"

"사장도 눈빛을 가만히 보면 파란만장했을 것 같네. 암튼 공부는 하라고 해. 안 그러면 나처럼 오십 년 후에 후회해. 내가 보문상고 출신이거든. 아버지는 그렇게 공부해서 대학을 가라고 했지만 내가 밴드부에 정신이 팔려서……."

그는 아버지 말을 듣지 않은 것을 후회한다고 입버릇처럼 말한다. 특히 한겨울 선릉역 계단에 앉아서 타인에게 추위와 동정심을 빌미로 돈을 정중하지만 불쌍하게 요청할 때 더욱 그렇다. 카드 한 장이면 다 해결되는 세상이라

현금을 가지고 다니지 않는 지하철 승객들에게 돈을 정중하고 불쌍하게 요청하는 것도 쉽지 않은 일이다. 그럼에도 어느 추운 겨울, 도가니를 파고드는 계단의 한기를 참으며 고개를 숙이고 있을 때 어린아이를 데리고 가던 할머니가 아이를 시켜서 천 원을 우유팩으로 만든 '모금통'에 넣은 후 계단을 내려가면서 한 말은 매서운 겨울바람처럼 그의 마음을 할퀴고 지나갔다.

"공부 안 하면 너도 저 거지처럼 된다."

그 말은 오십 년 전 그의 아버지가 동네 각설이에게 밥을 줘 보낸 후 대문을 닫으며 한 말이었다. 그날 천 원짜리 위로 떨어진 그의 콧물은 어쩌면 눈물이었을지도 모른다. 어쨌거나 그는 혹독한 겨울을 지내면 여름이 온다는 상상을 하며 겨우내 선릉역에서 지낸다.

"오늘은 계란덮밥?"

"아니 오늘은 돈가스덮밥으로 부탁해. 요즘 직업병인지 도가니가 좋지 않아서 고기를 좀 먹어야 할 것 같아. 책상다리를 하고 앉아서 구걸하는 것보다 무릎 꿇고 할 때 수입이 더 좋아서 지난겨울 내내 엎드려 있었더니 관절이 좋지 않아. 그래도 나중에 요양원비와 화장비를 마련하려면 몇 년 더 엎드려야 할 것 같아. 알고 보면 이것도 극한

직업이야. 날씨와 편견, 그리고 자신과의 싸움이 필요하지."

"그 직업도 고충이 많네. 숙자 씨."

"그럼. 눈빛으로 남의 주머니에서 돈을 빼내게 만드는 것이 쉬운 일은 아냐. 그런데 사장은 몇 살이야, 서른셋, 넷?"

"서른다섯입니다."

"그럼 대체 딸은 몇에 난 거야?"

보통 대부분의 사람들은 지호와 나의 관계를 알게 되면 놀라거나 어릴 때 좀 놀았구나 하는 표정인데 숙자 씨는 아무렇지도 않게 물었다.

"내가 열일곱 살이었나?"

나는 남의 일처럼 덤덤하게 말하며 170도까지 온도가 올라간 기름에 돈가스를 넣었다.

"……어린 나이에 대단한 결정을 하느라 힘들었겠네. 그러나 세상일에 때가 정해져 있는 것은 아니니까. 더구나 사랑에 때가 어디 있어. 눈 맞으면 그만이지, 안 그래?"

숙자 씨가 씩 웃으며 말했다.

"내가 숙자 씨만큼 연식은 아니지만 살아 보니까 때는 있어. 인생은 적절한 타이밍이 관건이야. 너무 빨라도 너무 늦어도 안 돼. 너무 빠르면 괴롭고, 너무 늦으면 후회되지."

돈가스가 가장 잘 튀겨지는 온도가 170도에서 정확히 삼 분 삼십 초인 것처럼. 인생도 그렇다.

바삭바삭 알맞게 튀겨진 돈가스를 밥 위에 올리고 팬에서 달궈진 간장 소스에 풀어 넣은 계란물이 부풀어 오를 때 재빨리 부었다. 돈가스 위에 계란 푼 소스를 올린 덮밥은 숙자 씨가 좋아하는 메뉴. 양파를 넣은 달달하고 짭조름한 소스가 끓어오를 때 부어야만 계란 꽃이 활짝 핀다. 숙자 씨의 혀는 기가 막히게 그 타이밍을 구분한다.

돈가스덮밥을 숙자 씨 앞에 놓아 주자 수저를 들더니 계란과 양파를 먼저 먹은 후 소스가 배어든 돈가스를 한입 베어 물고 맛을 음미한다.

"그래 맞다. 인생도 덮밥도 적절한 타이밍이야. 내가 볼 적에 지금은 사장이 연애할 타이밍이야. 그러니 다시 시도해. 왜 그런 말 있잖아. 뛰지 않는 심장을 가진 사람은 모두 유죄다."

"그럼, 나는 종신형이겠네."

"그러니 멈춰 있다면 심폐소생술이라도 해 달라고 해서 뛰게 만들어."

햇살이 내리는 창가에 앉아서 돈가스덮밥을 먹는 숙자 씨의 얼굴이 행복해 보인다.

숙자 씨는 항상 말한다. '한 시간만 완벽하게 행복할 수 있다면 그것으로 족해'라고. 어쩌면 지금이 바로 그가 말한 시간인 것 같아 방해하고 싶지 않은 나는 조용히 레몬키친을 나와 밖에 놓아둔 1인용 테이블에 앉아서 초여름 도시의 풍경을 바라보며 아이스레몬티를 마셨다.

드디어 아이스레몬티의 계절이 돌아왔다. 나는 두근거리는 여름의 거리에 쏟아지는 눈부신 햇살을 보며 미소 지었다.

여름은 나에게 특별하다. 사랑과 이별이 동시에 있었던 계절이기에…….

종종 생각한다. 열일곱 살이라는 나이에 아이를 낳기로 한 것은 미친 짓이었지만 기적 같은 것이라고. 아마 부모가 없었기에 겁 없이 낳기로 했는지도 모른다. 내 부모 같은 사람이 되고 싶지 않아서. 그리고 선우를 닮은 아이를 갖고 싶었는지도. 다행이 그 바람은 이루어졌다. 아이는 너무나 선우를 닮아서 깜짝 놀라곤 하니까.

선우와 나는 아무도 모르게 만났다. 둘이서 잠실역에

서 광역버스를 타고 분당까지 갔다. 분당 가는 광역버스 안에서 손을 잡고 어깨를 기댄 채 잠을 잤다. 공부는 아예 담을 쌓고 고모네 편의점 알바를 도와주던 나는 늘 잠이 부족했고, 늘 밤새워 공부만 하는 그도 잠이 부족했다. 누구의 방해도 받지 않고 잠을 잘 수 있는 유일한 공간이며 시간이었다. 물론 학교에서는 절대 아는 척하지 않았다. 학부모 임원인 선우의 엄마는 아들의 모든 것을 알아야 직성이 풀리는 분이고, 도처에 눈이 있었기 때문이다. 더구나 나는 부모 때문에 말 그대로 이상한 나라의 아이가 되었다.

아버지는 여잔지 남잔지 알 수 없고, 엄마는 바람이 나서 집을 나가 버렸다는 소문이 도니 선우 엄마에게 나는 시설불량 공장에서 나온, 물건으로 치자면 '떨이'로나 팔 수 있을 정도인 수준 미달인 애였다. 그때 우린 무적의 청춘이었고. 낭만 16세였다. 서울로 돌아오는 버스 안에서도 잡은 손을 놓을 줄 몰랐다. 빼려고 하면 선우는 더 세게 잡고 놓아주지 않았다. 아마 첫 키스도 그때 했을 것이다.

그러나 그 '밀월'도 오래가지 못했다. 모처럼 만에 찾아온 아버지는 고모에게 청천벽력 같은 소리를 했다. 남자로서의 삶은 더 이상 살지 않고 여자로 살겠다고. 몸은 물론이고 주민등록 앞자리도 1에서 2로 바꾸겠다고 선언했다. 불교신자인 고모가 막냇동생인 아버지에게 싸다구를 날리는 것을 처음 봤다. 그러나 고모는 이혼하고 딸을 맡기더니 이제 유일한 아들의 자리도 던져 버린다는 사실에 화가 난 것이 아니었다.

"여자로 살든 아줌마로 살든 그건 네 맘이고! 조상님이야 이미 돌아가신 분이니까 부끄러울 것도 없지만, 네 딸은 어떻게 볼래? 조상님은 몰라도 네 자식한테는 죄인이야 이 자식아. 왜, 애 호적을 정신없게 만들어? 어쩔 거야? 쟤 시집갈 때 아비로 나갈래? 어미로 나갈래?"

고모는 아버지의 등짝을 북처럼 두들겼지만 나의 이기적인 아버지는 사랑에 충실하느라고 딸쯤은 아랑곳하지 않고 태국행 비행기를 탔다. 대신 나에게 주식과 퇴직금을 고스란히 넘겼다. 덕분에 나는 일찌감치 삼성전자 주주가 됐다. 그 점은 고맙게 생각한다. 묻어 둔 삼성전자 주식이 자본주의 사회에서 필요한 일부분을 해결해 주니 말이다.

아버지가 태국행 비행기를 타던 날 나는 선우와 함께 몰래 인천공항에 가서 지켜봤다. 돌아올 때는 여자가 돼서 돌아올 아버지의 모습을 마지막으로 기억해 두려는 갸

록한 의도가 아니라 그냥 아버지라는 사람은 누구와 함께 태국행 비행기를 타는지 보고 싶었다. 게다가 그날은 나의 17번째 생일이었다. 그러나 아버지인지 엄마인지 정체성이 헷갈리시는 분은 나의 생일 같은 건 기억에도 없는 듯했다. 나는 처음으로 엄마의 마음을 이해할 것 같았다.

세상 끝에 선 것 같은 내 기분과 달리 선우는 난생처음 수업을 빼먹은 터라 약간 흥분해 있었다. 선우는 자꾸만 나를 보며 웃었다. 가슴이 두근두근거리는 이유를 모르겠다며.

"병신아, 너 나 좋아해?"

나는 수속을 밟는 아버지와 아버지의 연인인 것 같은 젊은 남자에게서 시선을 떼지 못한 채 건성으로 물었다.

"좋아해."

"뭐라고?"

갑자기 단체 관광을 떠나는 아주머니들의 왁자지껄한 소리 때문에 잘 듣지 못한 나는 다시 건성으로 물었다. 시선은 아버지와 연인에게 고정한 채……

"좋아한다고."

선우가 갑자기 내 뺨에 키스를 하며 말했다. 순간 뒤돌아보던 아버지와 눈이 마주쳤다. 벌떡 일어나 선우의 손을 잡고 국제선 출국장을 빠져나왔다. 달리면서 생각했다. 나는 사랑으로 태어난 아이가 아닌 것이 확실하다고. 둘 사이에 대체 열정이라 게 있기는 했을까? 혹시 엄마가 정신없는 아버지를 덮친 건가? 그렇지 않다면 이 상황이 납득이 가지 않는다. 그들은 왜 말도 안 되는 짓을 해서 나를 이 풍진세상에 내보냈을까? 그까짓 주식이랑 통장을 던져주면 양심에 덜 찔리는 걸까? 정말 지금도 나는 부모직무유기로 고소하고 싶다.

그날 선우와 나는 집에 들어가지 않았다. 송도 신도시에 있는 호텔 오크우드에서 하겐다즈 라즈베리 아이스크림을 먹고, 장국영의 영화 <아비정전>을 보다가 함께 잠들었다가 새벽녘에 선우와 첫 섹스를 했다. 둘 다 처음이라 조심스럽고 떨렸지만 나쁘지 않았다. 선우는 등 뒤에서 나를 꼭 안은 채 잠이 들었다.

"시계 좀 봐."

"왜?"

"그냥 잠깐 좀 봐."

나는 그의 손목에 찬 시계를 봤다.

"6시 1분 전, 너 덕분에 항상 이 순간을 기억할 거야."

머리 좋은 선우가 장국영의 대사를 따라서 말했다.

"지랄……."

선우가 나의 귓불을 만지작거렸다. 순간 처음으로 조금은 행복하다는 생각이 들었다.

선우는 고른 숨소리를 내며 등 뒤에서 나를 꼭 끌어안은 채로 잠이 들었다. 그러나 나는 잠을 잘 수가 없었다. 그 새벽 나처럼 외로운 달을 보며 조금은 정신을 차려야겠다는 생각을 처음으로 했다. 커튼 사이로 보이는 달이 더 멀어졌다. 나는 아침이 오는 것이 슬펐다.

빛의 속도로 사라지고 싶었다.

초등학교 운동장에서 선우를 만나기로 했다. 분명히 오겠다고 답장을 했다. 화단에 샐비어가 피어 있었다. 나는 등 뒤로 떨어지는 따듯한 석양의 햇살을 느끼며 새빨간 샐비어를 홀린 듯 바라봤다. 내 인생도 저렇게 붉었으면.

꽃 하나를 따서 입에 물고 빨았다. 달콤했다. 나의 인생도 이렇게 달콤했으면……. 하지만 아무래도 안 될 것 같아. 그런저런 생각들을 하며 선우가 오기를 한참 기다렸다. 하지만 선우는 오지 않았다. 분명 오겠다고 답장을 했는데. 어두운 교정에서 한참을 앉아 있었다. 별은 저만치 멀리서 나를 바라보고 있었고, 어디선가 불어온 저녁 바람은 나를 위로하듯 어루만졌지만 두려운 마음 때문에 심장이 터질 것 같았다.

신은 왜 나에게 이런 시련을 주는지 대체 당신은 뭐 하는 사람이기에 나에게 불행종합선물세트를 주는지 물어보고 싶었다. 나는 그가 오지 않는 교문 쪽을 노려보며 한참을 서 있었지만 결코 울지 않았다. 눈이 빠질 것처럼 아프기 시작할 때쯤 고모가 교문 안으로 들어서더니 내 쪽으로 걸어왔다. 고모의 얼굴을 보는 순간 참았던 눈물이 주르륵 흘렀다. 나를 찾아다니느라 화가 잔뜩 난 고모는 울고 있는 나를 보더니 와락 끌어안았다. 고모가 말했다.

"불쌍한 것."

그렇게 서럽게 운 것은 처음이었다. 나처럼 존재감이 희미한 달을 보며 한참을 울었다.

왜 인생은 줄기차게 나를 모른 척하고 지나치기만 하는지 원망스러웠다. 나에겐 아무 일도 일어나지 않는 평범한 일상이 허락되지 않는지, 초년고생은 사서도 한다고 고모가 말했지만 왜 나만 그래야하는지 이해가 되지 않았다.

한 달 후 나는 학교를 그만두었고, 고모네 식구들과 함께 묵호로 이사를 했다. 그 시절 나에겐 서정적 이별 같은 건 허락되지 않았다.

산부인과 앞에서 도망치듯 돌아오던 날 꿈을 꾸었다.
공장에서 찍어 낸 인형 같은 아이들이 서 있었다. 어릴 때
가지고 놀던 인형을 닮았다. 그중에 눈 코 입이 없는 아이
가 하염없이 눈물을 흘리고 있었다. 성당 벽화에서 볼 수
있는 천사의 형상을 한 아이였다.

아이를 낳기로 결정한 나에게 고모는 말이 없었다.
그저 애먼 북어를 방망이로 두드리시며 '너희 부녀지 모녀
인지 때문에 제명에 죽지도 못하겠다'며 한탄을 한 후 북
어를 집어던지시더니 뒤돌아서 우셨다. 그리고 딸을 입양
해 주셨다. 그래서 딸과 나는 호적상으로 고종사촌이다.
그러나 어떤 순간에도 딸인 지호에게 숨기지 않았다. 내가
엄마임을.

딸이 자라는 모습을 곁에서 지켜봤다. 지금 생각해
보면 세상에 태어나서 내가 가장 잘한 일은 지호를 낳은
일이다. 내가 아닌 선우를 닮아서 공부는 너무나 잘했고,
늘 나보다 어른스러운 행동을 했다. 그런 지호가 갑자기
다니던 외고를 그만두고 자퇴를 한다고 했을 때 고등학교
중퇴인 내가 지호에게 해 줄 말이 별로 없었다. 자퇴 전에

일단 휴학하기로 한 지호와 난 집 근처 편의점에서 처음으로 맥주를 마셨다. 처음이라는데도 지호는 맥주 500cc를 단숨에 들이켰다.

"좀 마시네?"

"종종 마셔. 맥주는 술도 아냐. 엘리스"

지호는 잔을 내려놓으며 시큰둥하게 말했다. 지호는 나를 엘리스라고 부른다.

"나는 너를 낳으려고 자퇴했지만 너는 왜 하려는 건데?"

"공부를 열심히 해야 될 이유를 모르겠어서. 엘리스는 왜 그 나이에 나를 낳았어?"

"……천사를 봐서."

나는 꿈에 봤던 종이로 오린 것 같은 하얀 평면의 얼굴을 가진 아이가 천사였다고 생각한다. 물론 고모는 자꾸만 생각해서 꾼 꿈이라고 하지만 나는 그렇게 믿고 있다. 온통 회색빛인 인생에 일말의 발그레한 빛이라도 던져 주고 싶어서.

"왜 안 물어봐?"

"뭐, 생물학적 아빠?"

"그냥 전달자라고 해."

"말해 줄 생각은 있고?"

"말해 줄 생각 없어. 그러니 단념하라고."

"관심도 없어. 그리고 나 봤어. 교회도 안 다니면서 가끔씩 성경책을 보기에, 궁금해서 봤더니 사진이 있더라고. 좀 생겼더라. 좀 재수 없지만."

지호는 감자튀김을 아이스크림에 찍어 먹으며 무심한 척 말했지만 그리움이 전혀 없다고 말할 수는 없을 것이다. 감자튀김을 아이스크림에 찍어 먹는 딸을 보며 저런 것까지도 닮나 싶어 한동안 쳐다봤다.

엄마는 나를 데리러 오지 않았고 아버지는 있으나 여인으로 살기로 작정하고 종적을 감추었으니 현대판 천애 고아인 셈이다. 그런 나를 지호가 웃을 수 있게 해 주었다. 물론 앞으로도 죽 그럴 수 있을지 모르겠지만.

아침부터 장마가 시작되려고 하는지 비틀면 금방이라도 물이 떨어질 것처럼 공기 중에 수분이 가득했다. 나는 자끄 프레베르의 시 <주기도문>을 벽에 걸린 칠판에 썼다. 일어나자마자 떠오른 그의 시가 머릿속에 가득했다.

"하늘에 계신 우리 아버지 그곳에 계시옵소서. 그리고 저희는 이 땅 위에 이대로 있겠습니다. 이곳은 때론 이렇듯 아름다우니. 뉴욕의 신비와 파리의 신비가 있고……."

갑자기 그가 말한 캉브레의 박하사탕이 궁금해졌다. 그건 대체 뭘까? 그가 특별히 사랑한 사탕인가? 캉브레의 박하사탕 대신 아침부터 레몬사탕으로 입안에 넣고 굴리며 창밖을 내다봤다.

오늘의 메뉴는 레몬이 들어간 닭고기 스프와 호밀빵 샌드위치다. 밖에 내놓은 칠판에는 이미 '오늘의 세트메뉴'로 적어 놓았다. 민트잎을 으깨서 넣은 특제 레모네이드는 무한 제공이라고까지 했지만 얼마나 팔릴지는 알 수 없다. 옆집에도 샐러드 바가 있는데 건너편에 있던 커피집이 저가의 수제 도시락 집으로 업종 전환하는 바람에 매출이 줄었다.

가끔씩 단체주문이 들어오기는 하지만 정중히 거절한다. 단체주문을 받으면 아침 시간이 정신없어질 것이고, 레몬키친을 찾는 손님들에게 소홀해질 수 있다는 거창한 철학이 있어서가 아니라 그저 나는 이 지구라는 별에서 만나는 매일의 아침을 방해받고 싶지 않다는, 지극히 사소한 이유 때문이다.

천천히 살고 싶다. 아침의 햇살을 온몸으로 느끼며,

어느 곳에도 속해 있지 않는 바람을 마주하며 아침 출근 준비에 발길을 서두르는 사람들을 바라보고 싶다. 더 이상 두근거리지 않는 일상이지만 그것으로 족하다. 그것은 가슴이 무너지는 경험을 해 본 사람만이 알 수 있는 특별한 감정이다. 나는 그 끓어넘치기 직전의 마음을, 슬픔을 이미 경험했다. 덕분에 '감정이든 물질이든 욕심내지 말자'가 서른 이후 내 삶을 지배하고 있다.

레몬이 절반쯤 든 큰 유리병에 얼음을 넣고 탄산수를 부었다. 민트잎을 한 움큼 손으로 집어 으깬 후 아낌없이 털었다. 노란 레몬과 섞인 초록빛 민트가 기분 좋은 향을 내며 탄산 기포와 함께 올라온다. 마지막으로 이탈리아 친구가 보내 준 '아말피'의 레몬사탕을 한줌 넣고 남은 레몬사탕 하나를 까서 입에 넣었다. 얼음이 가득 든 컵에 레몬과 함께 우려서 차갑게 해 놓은 홍차를 부었다. 손끝에 달라붙은 민트의 향을 음미하며 아이스레몬티를 마셨다. 입 안에서 홍차와 레몬사탕의 짜릿하고 우아한 만남이 이루어지는 그 짧은 순간, 풍경 소리가 울리며 누군가 식당 안으로 들어섰다.

"영업은 11부터 시작합니다."

나는 앞치마에 민트잎을 으깨느라 물든 손을 닦으며 말했다.

"세트메뉴를 주문하려고 하는데 배달이 가능하겠습니까?"

"죄송합니다. 저흰 기본적으로 테이크아웃만 가능하고 배달은……."

나는 레몬 조각을 손에 문지르다가 가게 안으로 들어서는 정장 차림의 남자와 눈이 마주친 순간 레몬사탕과 말을 동시에 삼켰다. 내가 단번에 선우를 알아봤듯이 그 역시 나를 알아봤다. 선우가 희미하게 입가에 미소를 띤 채 나를 바라본다.

"배달 안 되는데."

나는 아이스티를 원샷 한 후 유리컵을 테이블 위에 '탁' 내려놓으며 말했다.

"맞구나, 리서"

선우가 마치 알고 있었다는 씩 웃으며 말했다.

이런, 그가 또다시 나의 구역을 침범했다. 근거 없는 저 자신감과 여유는 대체 뭔지. 나는 그를 한동안 빤히 쳐다보다가 그의 시선이 내 손가락을 바라보고 있는 것을 발견했다. 딱 봐도 안쓰러운 눈빛이었다.

"레몬키친은 배달은 안 돼. 다들 알고 있는데, 이 구역에 처음 왔나 보구나."

나는 대수롭지 않다는 듯 손톱 밑에 낀 민트잎을 빼며 말했다. 손톱 끝이 온통 초록이다.

"유명하다며 레모네이드, 일단 한 잔 주문할게."

그가 갑자기 레모네이드를 주문하더니 기세 좋게 테이블에 앉았다.

나는 어이없어서 한동안 그를 쳐다봤다. 대체 그동안 뭐하고 살다가 우연을 가장한 것처럼 나타났는지 궁금하지 않지만 살짝 짜증은 났다. 그와 정말 우연히 만났던 기억이 있기 때문이다.

스무 살이 넘어서 딱 한 번 선우를 다시 마주친 적이 있다. 2012년 삼성동 코엑스CGV에서였다. 그는 여자 친구와 대만 로맨스 영화 <그 시절, 우리가 좋아했던 소녀>를 보러 왔고 나는 그곳에서 알바로 팝콘을 팔고 있었다. 그는 나를 보지 못했고 나는 그를 봤다. 무척 행복해 보이는 선우의 모습을 보며 나는 한숨을 내쉬었다. 더 이상 그는 동네 바보가 아니었다. 그러나 나는 그를 아는 척하고 싶지 않았다.

그동안 선우는 슈트가 잘 어울리는 남자가 되었다. 십육 년의 세월이 그를 그렇게 만든 건지 아니면 다른 누군가가 코디해 준 건지 모르지만 내 앞에 있는 그는 십육 년 전 그 선우가 아니었다. 자신감 넘치고, 보라색 넥타이가 잘 어울리는 남자였다. 확실히 나와는 다른 세계에 사는 사람 느낌이 풀풀 났다.

나는 그에게 십육 년 전 우리가 먹었던 '썬키스트 레몬에이드' 만들어 주었다. 민트잎을 으깨고, 갓 짜낸 레몬즙과 레몬청 넣은 것이 아니라 레몬가루에 얼음과 사이다를 섞은 바로 그 레몬에이드였다. 지호와 나도 가끔 만들어 먹기에 항상 레몬가루는 준비되어 있다.

선우는 레몬에이드를 벌컥벌컥 마셨다. 얼음은 우적우적 싶으며. 그가 레몬에이드를 마시는 동안 그의 목젖을 뚫어져라 쳐다봤다. 드라마를 보고 배운 설정인 것 같기는 한데 역시나 어른이 되었음을 보여 주기 위한 시도였다면 성공이다. 하긴 서른다섯 살이란 나이는 거저먹는 것은 아니다. 십육 년이란 시간은 바보천치도 교활해질 수 있는 충분한 시간이다.

운동은 좀 했는지, 걷어 올린 와이셔츠 때문에 드러난 팔뚝이 단단해 보였다. 순간 쓸데없는 디테일에 눈이

가는 내가 한심하고 어처구니가 없어서 피식 웃었다. 왜냐하면 그걸 의식하며 무심한 척 애쓰는 선우의 모습에서 과학고 떨어졌다고 콧물을 흘리며 울던 선우의 모습이 겹쳤기 때문이다.

"장사는 잘돼?"

이상했다. 십육 년 만에 만나서 묻는 게 고작 가게 매출이어서. 아무렇지도 않게 전문 직종 종사자 티를 풀풀 내며 거만한 표정으로 묻는 그가 예전의 병신이 아닌 것 같아서 잠시 머뭇거렸다.

"아, 뭐 팔고 싶지 않으면 문 닫아도 되는 정도."

사실 매출을 생각한다면 가당치도 않은 허세다.

"그렇구나. 나는 동부지방, 아니 요 근처 법조 단지에서……."

"지랄을 한다. 안 궁금하거든."

나는 일부러 그의 말을 끊었다.

"매일 아침 5인분쯤 주문해도 될까? 찾으러 올게."

"미친 거 아냐? 배달은 20인분 이상이야."

"배달 안 한다며?"

그새 좀 영악해진 선우가 치고 들어왔다.

"아, 깜빡했다. 오늘부로 30인분 이상만 배달해. 내가 사장이니 내 맘이지."

"제 맘대로이고, 못된 것은 여전하구나."

"염병, 됐고 꺼져. 다시는 보지 말자. 봐서 좋을 것도 없고."

우리가 다시 봐서는 안 될 이유가 열 가지도 넘는다. 가능하다면 그가 빨리 내 구역에서 사라지길 바랐다. 곧 점심시간이 시작될 것이고, 불을 다루는 데 집중을 하지 않으면 대형 사고를 칠 것이 분명했다. 내 인생에서 대형 사고는 '지호' 하나여야만 한다.

한참 말없이 앉아서 텅 빈 컵만 바라보던 선우가 팔짱을 끼더니 시선을 내 쪽으로 돌렸다. 마치 범죄 용의자를 바라보는 것 같은 기분 나쁜 시선이다.

"왜 연락도 없이 이사 갔냐?"

이건 또 무슨 귀신 신나락 까먹는 소리일까? 내가 보낸 수십 통의 문자는 다 무엇이었다는 말인가? 게다가 처음 보낸 문자에는 학원 끝나고 온다고 했으면서. 갑자기 새빨간 샐비어 꽃의 단물을 빨아먹으며 울던 시간이 스친다.

"병신 지랄하네. 엄마한테 폰 뺏겨서 내 문자 못 봤냐? 그럼 계속 모른 채로 살아라. 그래도 그나마 다행이네. 문자 씹은 건 아니라서."

갑자기 선우의 얼굴이 굳어진다.

접은 와이셔츠 소맷자락에 달린 단추가 금방이라도 떨어질 것처럼 달랑거렸다. 나는 멍하니 그 몇 가닥의 실에 의지해 달려 있는 단추를 바라봤다.

"나는 문자를 받은 적도, 보낸 적도 없는데?"

어이쿠 이런, 이것이 바로 욕하면서 찾아본다는 드라마의 뻔한 클리셰의 적용이라는 건가? 별것 아닌 내 인생에도 진부하고 뻔한 설정이 숨어 있다는 것이, 나도 모르는 사이에 뻔한 드라마 한 편을 찍었다고 생각하니 웃음이 나올 지경이다. 나는 머릿속으로 오락가락하는 생각들을 정리한 후 담담하게 말했다. 정확히 말하면 일종의 허세였다.

"이제 와서 그게 뭐가 중요한데?"

"왜, 나는 너의 문자를 못 봤을까?"

그가 이상하다는 듯이 나를 쳐다보며 물었다.

"바보야, 너는 아직도 네 엄마를 모르는구나. 상상을 해 봐. 엄마가 지웠겠지. 요식업 종사자인 나도 아는 걸 전문직 종사자인 너는 끝까지 모르는구나. 혹시 내가 거짓말을 하는 거라고 생각하는 건 아니지? 그럼 넌 정말 백치다.

그래 가지고 네 엄마가 염원하는 엘리트 카르텔은 어느 세월에 들어가겠냐?"

생각에 잠긴 선우는 한동안 말이 없다.

묵호로 이사 가기 전날 선우의 엄마가 찾아왔다.

도도한 선우 엄마와 그녀가 우습게 알던 일개 편의점 주인 나부랭이가 머리끄덩이 잡고 야밤에 싸움을 했다. 시장에서 산 삼선슬리퍼를 신은 타고난 쌈꾼, 고모에게 페레가모 구두에 구찌 스카프를 우아하게 두른 선우 엄마는 애초부터 상대가 되질 않았다. 막돼먹은 편의점 주인인 고모의 맹공에 이성을 상실한 선우 엄마는 마침내 포효를 했다.

"야, 뭐라고 너 지금 뭐라고 그랬어?"

한밤을 가르던 '야' 소리와 함께 교양은 고모가 건넨 야쿠르트를 패대기치듯이 한쪽으로 던져 버렸다.

"잘난 아들 처가아들 된다고 했다. 왜?"

달빛 아래서 고모가 으스스하게 웃으며 말하자 선우 엄마는 입술을 깨물고 서 있던 나에게 따귀를 올려붙였다. 덕분에 공포 영화의 한 장면처럼 입술이 찢어져서 피가 흰 셔츠 위로 떨어져 번졌고 피를 보고 눈이 돌아간 고모 덕에 한밤의 난투극은 절정으로 치달았다. 그 때 나는 고모의 무한 혈족주의를 깨달았고 약간 감동했다.

선우 엄마가 고모에 의해 찢어진 구찌 스카프를 들고 미친 듯이 외쳤다.

이 나라는 엘리트 카르텔이 형성되어 있고 그들이 지배하는 나라라서 내 아들은 꼭 그 안에 들어가야 하고, 갈 거라고. 그래서 너 따위가 아들 인생에 스크래치 내는 꼴은 못 본다고, 눈에 흙이 들어가도 너는 내 아들 다시는 못 볼 거라고 쏘아붙였다.

그날 선우 엄마의 분노가 극에 달한 눈빛을 보며, 나는 저렇게 분노해 줄 엄마가 없네, 라는 생각을 했다.

그런데 어쩌나 십육 년 후 그 엄마의 눈에 흙이 들어가게 생겼으니 반전도 이런 반전은 없다.

한밤중에 갑자기 양파와 토마토가 듬뿍 들어간 야채 스프가 먹고 싶었다. 한참을 고민한 끝에 소파베드를 접고 냉장고를 뒤졌다. 역시나 나의 잉여들이 때를 기다리고 있었다. 어느 유명한 쉐프처럼 비법의 육수 같은 것은 없다. 그저 다 때려 넣고 끓이다가 소금 후추, 버터 한 덩이, 스페인 여행 갔을 때 사 온 치킨스톡 큐브 하나만 넣으면 끝이다. 마지막에 양파 듬뿍. 그러면 치유의 스프가 완성된다.

나는 뭉그러지는 양파보다는 씹히는 양파를 좋아해서 스프가 끓는 동안 양파를 깠다.

슬픈 갈색으로 물든 어두운 마음을 벗기고 하얀 순수한 마음을 반으로 무심하게 가른다. 양파의 매운 냄새가 쑤욱 올라온다. 눈물이 핑 돈다. 양파 때문이라고 핑계를 댄다. 그래 믿어 줄게. 양파의 거짓말 같은 얇은 막을 벗기며 웃는다. 툭툭 마음을 토막 내고 잘게 다진 후 졸아지고 있는 슬픔에 퐁당하고 던진다. 이름하여 슬픔극복, 용기내자 치유의 야채 스프가 완성되기 직전이다. 그립던 마음, 슬펐던 마음, 미운 마음 등등 내 마음의 조각들이 스테인리스 냄비 안에서 뭉그러진다. 맛있어져라. 그래야만 해. 나는 중얼거리며 스프를 저었다.

늦은 밤, 후후 불며 뜨거운 야채 스프를 먹는다. 양파의 단맛, 토마토의 시큼한 맛과 함께 마음을 꿀꺽 삼킨다. 스프를 먹다 바라본 창밖의 거리에는 비가 내리고 있다. 장마가 시작되려나. 시리얼처럼 바삭한 나의 마음도 조금은 습기를 기대해 봐야 하나? 그런저런 생각을 하며 야채 스프 한 그릇을 다 비웠더니 든든해진다.

여름밤에 비라니 갑자기 설렌다. 나는 담배를 한 대 물고 대충 테이블을 치우기 시작했다. 지호가 보면 한 소리 할 게 분명하지만 지금은 온전한 나만의 밤이고, 나는 여름밤을 느긋하게 즐길 이유가 있다.

폰에 저장해 둔 플레이 리스트에서 프란츠 리스트의 <Consolation No.3>를 선택했다. 음악이 비에 스미는 건지 비가 음악에 젖어 드는 건지 모를 정도로 피아노 선율이 뒤섞인 밤이 흐르고 내 마음은 담배 연기와 함께 허공으로 사라진다.

벗나무 옆에 누군가 서 있었다. 회식하고 돌아가는 근처 회사의 직원들이 담배를 피우기 위해 종종 서 있는 것을 보기는 했지만, 비 오는 날에 서 있다니 실연이라도 당했나? 아니면 실직? 등등의 생각을 하며 마감을 하려는데 남자가 다가오더니 레몬키친의 문을 두드렸다. 나는 두 손을 교차해 엑스 자를 만들어 보이며 마감했다고 신호를 보냈지만 남자는 계속 문을 두드리며 서 있었다.

창가로 다가가 레이스 커튼을 살짝 들치고 창밖을 살폈다. 놀랍게도 선우가 서 있었다. 커튼을 내리고 레몬키친의 불을 꺼 버렸다. 가로등 때문에 어두워진 가게 바닥에 레이스 커튼의 섬세한 문양이 새겨진다. 그리고 그의 긴 그림자까지. 그의 마음은 이미 그림자와 함께 안으로 들어와 있었다. 그러나 나는 아랑곳하지 않았다.

바닥을 청소하고 주방을 정리할 때까지도 선우는 밖에 놓인 1인용 테이블 의자에 앉아 있었다. 가지 않고 버티는 선우 때문에 결국 새벽 3시쯤 문을 열어 주었다. 비는 그쳤고, 밤의 향을 가득 채운 공기가 레몬키친 안으로 그와 함께 들어왔다. 그는 가장 가까운 테이블에 털썩 주저앉았다.

가스를 켜고 야채 스프를 데웠다. 스프가 데워지는 동안 그는 한쪽에 가만히 앉아 있었다. 술을 마신 듯 보였다. 넥타이는 풀어서 와이셔츠 주머니 안에 찔러 넣었고 지친 얼굴이었다. 나는 말없이 담배를 피우며 한 손으로 스프가 그릇 바닥에 눌러앉지 않게 저었다.

역시나 세월의 강은 쉽게 건널 수가 없는 것일까? 그와 나 사이에 거대한 침묵의 강이 흐르고 있는 것 같다. 그는 멍하니 앉아서 노란 벽을 보고 있다. 그 벽에는 소렌토의 풍경을 찍어서 확대한 사진이 걸려 있다. 그가 지금 보고 있는 것이 사진인지, 그냥 노란 벽인지 아니면 과거의 어느 풍경인지 알 수가 없다. 나는 지나가는 취객에게 인심을 베푸는 것처럼 무심하게 데워진 야채 스프를 그의 앞에 놓아 주었다.

"고맙다."

"고객 서비스 차원이야."

"물어볼 게 있는데……."

"아니 물어보지 마."

"……."

나는 그가 스프를 먹는 동안 창가에 앉아서 얼음을 잔뜩 넣은 레몬 맛 맥주를 마셨다.

그의 앞에 털썩 주저앉기에는 도저히 나의 자존심이 허락하지 않았다. 그의 엄마가 나에게 최종적으로 한 말이 있기 때문이다.

"근본 있고 우월한 유전인자를 가진 우리 아들이 나중에 뭐가 될 줄 알고 탐을 내니? 이거 명백한 도둑질이야. 너희 집구석은 콩가루도 아니고 미숫가루 집안이야. 콩가루는 단일품종이기나 하지. 이것저것 뒤섞여서 천박하기는 따라올 자가 없구나. 어디 감히 넘볼 걸 넘봐야지."

나는 그녀의 아들을 탐낸 적이 없는데도 그렇게 말하며 비웃었다. 고작 열일곱 살이던 나는 그저 노려보기만 했다. 엄마와 한때는 둘도 없는 사이였다는 것이 믿어지지 않을 정도였다.

나는 지금 내 앞에서 스프를 먹고 있는 근본 있고, 우

월한 유전인자를 지닌 그녀의 아들은 대단한 사람이 되었
는지 궁금했다.

"이제 집에 가라."

나는 야채 스프를 다 먹고 난 후에도 돌아갈 생각을
하지 않는 선우에게 말했다. 그러나 그는 내 말은 들은 척
도 하지 않았다.

"그럼, 맘대로 해. 나는 내일 장사를 해야 돼서……."

나는 소파베드 한쪽에 앉아서 잠을 청했지만 잠이 올
리가 없었다. 청각은 더 예민해지고 심지어 간간이 들리는
나지막한 선우의 한숨 소리까지 들렸다. 잠을 잔다는 것은
애초부터 무리였다. 실눈을 뜨고 보니 그는 고집스럽게 앉
아서 벽을 노려보고 있었다.

"아주 벽 뚫기 신공 나시겠네."

참다못한 나는 벌떡 일어나며 말했지만 그는 여전히
미동도 하지 않았다.

나는 만날 사람은 언젠가는 만난다는 말은 믿지 않는
다. 그러길 바라는 사람들이 미련이 남아서 지어낸 말일뿐
이라고 생각했다. 어라, 그런데 어이없게도 만나 버렸다.

"나는, 오랫동안 너를 찾아다녔어. 한 번도 잊은 적이
없어."

그가 진지한 눈빛으로 나를 바라보며 말했다.

"허, 어디서 개구라를 치고 그래. 내가 다 기억하는데. <그 시절, 우리가 사랑했던 소녀> 기억 안 나? 어떤 여자애랑 영화 보러 왔잖아. 그 오렌지색 원피스 입은 여자애 기억 안 나?"

"기억 안 나는데."

"기억 안 나? 이야, 어디서 정치인 흉내를 내고 그래. 네가 샤론아, 라고 부르던 그 여자애는 그럼 홀로그램이었냐?"

"아, 정샤론, 대학 동기야. 아는 척하지 그랬어."

"지랄도 그 정도면 풍년이다. 경고하는데 앞으로 내 레몬키친 근처도 지나가지 마. 그리고 혹시 마주쳐도 모른 척해라."

선우는 벽에 등을 기댄 채 나를 빤히 바라보며 씩 웃었다. 왠지 말리는 기분이 들었다.

"기분 나쁘니까 그렇게 웃지도 마!"

"예전 그대로다. 그 기백이……."

선우가 그 시절이 그리운 듯 아련한 목소리로 말했다.

새벽녘에 잠깐 소파베드에 웅크리고 잠이 들었다. 깜짝 놀라서 일어나 보니 선우가 어제 그 자세로 앉아서 나를 보고 있었다. 그동안 넉살만 늘었는지 눈이 마주치자 씩 웃는다.

순간 나도 모르게 욕이 나오려고 했다.

"심쿵 하냐?"

"병신, 나 저혈압이라 아침에 현기증 있어."

"아, 그래?"

"뭐야, 비웃는 거야 지금?"

"커피 한 잔 줄 수 있어?"

그가 일어나며 말했다.

"너 출근 안 하냐? 아침부터 심란하게 증말……."

말은 그렇게 했으면서 정신을 차리고 보니 나는 어느새 원두를 갈아서 커피를 내리고 있었다.

커피가 내려지는 소리를 들으며 문을 열고 멍하니 앉아서 밖으로 보이는 아침 풍경을 물끄러미 봤다. 지난밤 비가 내린 탓인지 말간 얼굴을 한 하늘이 노란 차양 너머로 보였다. 그 너머로 뜬금없이 선우의 얼굴이 보였다. 아, 염병할.

"커피가 다 내려진 것 같은데?"

허락도 받지 않고 싱크대 옆에 마련해 놓은 간이 세

면대에서 내 비누를 사용해 세수를 하고 내 수건으로 얼굴을 닦은 선우가 웃으며 말했다.

그래서 뭐 어쩌라는 말인가. 나는 어이가 없어서 그를 한동안 쳐다봤다. 무엇이 선우를 이다지도 뻔뻔하게 만들었을까? 게다가 집요하기까지 하다.

"그래, 오늘이 마지막이니까 뭔들 못해 주겠니. 한 잔 주지 뭐. 아침도 줄게. 딱 기다려. 최후의 조찬을 먹여 줄 테니."

아침으로 슈가파우더를 듬뿍 뿌린 프렌치토스트와 요거트 소스를 곁들인 삼색야채샐러드 1인분을 앞에 놓아 주자 선우는 한동안 가만히 바라보더니 커피부터 천천히 마셨다.

나는 커피 한 잔을 들고 되도록 멀찌감치 떨어져 앉았다.

"같이 먹지?"

"겸상은 안 합니다."

그 때였다. 지구에 유익한 포유류가 되겠다고 일찌감치 선언한 지호가 레몬키친의 문을 휙 열고 들어온 것은. 순간 라디오에서 왜? <타이타닉>의 주제가, <My heart

will go on>이 웅장하게 들려왔을까?

"굿모닝 엘리스! 나는 말이지 아무래도 학교를 자퇴해야 할 것 같아…….."

지호는 다짜고짜 말하며 냉장고로 직진하더니 썬키스트 레몬에이드를 꺼내 마셨다. 한곳에 필이 꽂히면 직진하는 습관이 있는 지호는 레몬에이드를 원샷 한 후에야 레몬키친 안에 나 말고 다른 사람이 있다는 것을 알아챘는지 눈이 휘둥그레졌다. 순간 지호의 입꼬리가 비틀어지며 눈빛에 꼬마악마의 그것이 두둥실, 하고 떠올랐다.

프렌치토스트를 먹고 있던 선우는 갑자기 뛰어 들어와 작은 레몬키친 안을 휘젓고 다니는 지호를 신기한 듯 바라봤다. 서서히 그의 입가에 미소가 걸리기 시작했다.

대체 앞으로 이 구역에서 무슨 일이 일어나려고 그러는지 모르겠다. 나는 지호와 선우 사이에서 할 말을 잃은 채 서 있었다. 굳이 이 순간 DNA의 위대한 승리를 부정하고 싶지는 않았다. 그러나 왜, 하필 지금? 지금까지 막장 드라마 하위 버전에 속했던 나의 인생이 갑자기 코미디로 전환되는 건가?

어느 봄날 숙자 씨가 말했다.

"사랑이 스쳐 지나가는 것이 아니라 우리가 사랑을

스쳐 지나가는 거야. 그러니 그 나이에 연애좀비는 되지 마. 가능하다면 죽기 직전까지 봄날 나비처럼 사랑해."

그러나 나의 계절은 이미 오래전에 봄이 사라졌다. 그런데 지금 나의 의지와 상관없이 마음이 흩날리려고 한다. 봄바람에 이리저리 춤추며 날리는 벚꽃도 아니면 서…….

나는 마음속으로 주문처럼 중얼거렸다.

'들어오지 마, 내 맘에. 진입금지야. 이제부터 내 맘을 닫을 작정이야. 유턴해서 내 인생에서 나가 주길 바라. 사랑 그걸 어디다 써먹어.'

"어, 엘리스 성경책, 이사야 서 26장과 27장에 끼워진 그 사람이랑 닮았네?"

기억력 하나는 비상한 지호가 씩 웃으며 말했다.

지호와 눈썹을 찌푸리며 지호를 바라보는 선우의 눈빛이 예리하게 교차되는 순간 나는 담배와 라이터를 집어 들고 레몬키친을 나왔다.

지난밤 내린 비 탓에 여름의 거리는 청량했다. 투명한 햇살은 쨍하고 부서질 것 같다. 나는 천천히 담배를 피웠다. 주머니 속에서 진동으로 해 놓은 핸드폰이 울렸다.

메시지 도착? 나는 무시하려다가 돈 빌려준다는 대부업체에서 보낸 스팸 메시지일지도 몰라 차단하려고 보니 아버지였다.

아, 기가 막힌다. 살아 있었네. 나는 담배를 피우며 생각했다. 이제 와서 사랑한단다. 우주에 단 둘뿐인 핏줄이라니 이게 무슨 맥락 없는 메시지인가? 게다가 사진까지 전송했다.

울트라 핑크. 여전히 아버지는 울트라 핑크였다. 나는 형광 핑크로 머리를 물들인 아버지의 얼굴을 보며 한숨을 쉬었다.

레몬키친 안에서는 영악한 지호가 선우를 상대로 탐색전을 벌이고 있는 중이다. 지호를 바라보는 선우는 신세계를 만난 얼굴이다. 나는 다시 한 번 아버지의 메시지를 확인했다.

아버지, 아니 이제는 엄마인가? 그 사람이 말하길 멀리서 보면 별이 다 똑같은 별빛이듯 사랑도 멀리서 보면 다 같은 사랑이란다. 이기적인 그의 사랑도 나의 순진하고 무모했던 사랑도 그렇다는 말인데, 나는 동의하지 않는다.

멀리서 보면 세상도 사랑도 단지 빛의 스펙트럼에 지

나지 않는다. 그래서 쓸데없이 사랑은 참 슬프고 종종 아 프다. 그래서 거절이다. 과거의 사랑도 지금의 사랑도 그 리고 다가올 사랑도.

우주의 먼지 같은 사랑은 이제 그만이다. 나는 그저 고요하고 싶을 뿐.

한수경

전라북도 김제에서 태어나 전북대학교 사범대학 교육학과를 졸업했다. 2005
년 여성동아 장편소설 공모에 《그들만의 궁전》이 당선되어 등단했으며 2007
년 시나리오 뱅크 공모전에서 〈대여인생〉으로 시나리오부문 우수상, 2011년
〈영웅은 없다〉로 류주현문학상을 수상했다. 작품으로는 장편 《그들만의 궁
전》《영웅은 없다》《아라비안나이트인서울》《탐닉》《하나아카리》등이 있고
그 외 다수의 중단편소설을 발표했다. 현재 전업작가로 활동 중이다.

나비머리핀

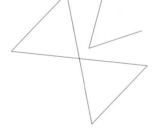

동이네 집 바로 위에 있는 언덕바지에는 지형을 따라 용의 허리처럼 길게 뻗어 내린 옹기 굴(가마)이 있었다. 그 앞에는 너른 마당이 있었고 마당 한쪽 구석에는 우산처럼 넓은 그늘을 드리우고 있는 아름드리 팽나무 한 그루가 서 있었다.

그 나무의 생김새를 보자면 둥치에 쉽게 가늠할 수 없는 세월의 깊이를 새기고 있거니와 가지의 구부러짐도 범상치 않아서 누구라도 함부로 범접할 수 없는 아우라를 가지고 있었다. 그래서일 것이다. 마을에 도로를 새로 내거나 건물이 들어설 때도 억지로 가지 한 번 잘려 나가는 일 없이 무탈하게 마을과 동고동락해 온 것은. 해가 갈수록 밑동이 튼실해지고 가지가 굵어져 영락없이 광주리를 머리에 인 여인네가 실팍한 궁둥이를 땅에 착 붙이고 앉은 형상으로 자라난 팽나무는 오래전부터 스스로 마을의 중심이자 마을의 수호신이 되어 있었다.

이른 아침, 마을에서 거리가 꽤 먼 초등학교에 다니는 아이들이 하나둘 팽나무 아래로 모여들었다. 6학년인 을수가 가장 먼저였다. 어깨에 둘러멘 가방에 초록색 삼각 깃발을 꽂고 대장 노릇을 하는 을수는 빡빡머리에 웬만한 중학생보다 덩치가 더 컸다.

　동이와 청이가 굴 마당에 함께 나왔다. 청이는 2학년 이지만 동이는 아직 학교에 갈 수 있는 나이가 아니었다. 하지만 바늘 가는 데 실가는 것처럼 청이가 학교에 갈 때 면 언제나 동이도 함께 나왔다. 을수가 등교할 아이들의 인원수를 하나하나 확인한 후 학교로 향했다.

　굴 마당을 벗어난 아이들의 모습이 모퉁이를 돌아 사 라지자 혼자 남은 동이가 팽나무 위로 올라갔다. 팽나무는 굵은 밑동에 비해 키는 그다지 크지 않았지만 지세가 높은 언덕바지에 자리하고 있어서 그 위에 올라가 시선만 돌리 면 온 동네가 다 보였다. 동이는 줄기에서 가지가 뻗어 나 간 평평한 지점에 엉덩이를 걸치고 앉았다. 숨어 있기에는 안성맞춤인 공간이었다. 팽나무 이파리 사이사이 자디잔 팽 열매가 수없이 달려 있었다. 동이는 팽을 따서 입에 넣 었다가 금방 뱉어 냈다. 아직 무르익지 않아서 뒷맛이 떫 었다.

　멀리 동네 어귀를 벗어나 신작로에 접어든 아이들의 행렬이 보였다. 언제나 가장 뒷줄에 붙어 따라가며 온갖 해찰을 다하는 아이는 광식이었다. 오늘은 돌멩이를 집어 넣은 통조림 깡통을 발로 차면서 걷고 있었다. 요란한 소리에 을수가 뒤를 돌아보며 눈총을 주었다. 그래 봤자 아무 소용도 없었다.

청이는 을수의 바로 뒷자리에 자리를 잡고 걸어갔다. 먼 일가붙이이기는 하지만 을수가 청이를 특별히 챙겨 주는 것은 엄마가 미리 연필이나 공책 같은 것을 선물하며 청이를 부탁해 두었기 때문이다. 청이가 고개를 숙이고 땅을 보며 걷는다. 활달하던 예전과는 다른 모습이었다. 단정하게 땋고 다니던 머리카락은 헝클어진 채 엉성하게 묶여 있고 옷매무새도 어딘지 모르게 허술해 보였다. 겉모습만 그런 것이 아니었다. 요즘은 늘 저기압이어서 잘 웃지도 않고 시도 때도 없이 노래를 읊조리던 버릇도 사라져 버렸다. 동이의 시선이 삼거리를 벗어나 아이들의 모습이 보이지 않을 때까지 청이의 모습을 따라갔다.

몇 밤이나 지났을까? 동이는 엄마가 외갓집에 간 날을 손가락으로 헤아리다가 그만두었다. 열 손가락으로도 모자랐다. 한숨이 나왔다. 엄마보다 옥이의 모습이 먼저 떠올랐다. 옥이는 잘 울지도 잘 웃지도 않는 아기였다. 일삼아 돌봐 주는 어른이 없어도 온종일 자기 손가락을 빨며 잘 놀았다. 동이가 아래로 고개를 숙이자 머리카락이 앞으로 쏠려 눈을 덮었다. 엄마가 있었으면 단정하게 묶어 주었을 텐데……. 이제는 온종일 머리를 풀어헤치고 다녀도 관심을 보이는 사람이 없었다. 고개를 들어 머리카락을 뒤로 넘겼다. 팽나무 잎사귀 사이로 조각난 하늘이 보였다. 아침 햇살이 동이의 목 줄기에 부드럽게 와 닿았다.

집에 있을 때도 엄마는 식구들 중에서 가장 바쁜 사람이었다. 동이네 공방 뒷일꾼인 광범이네 삼촌이 갑자기 철호네 공방으로 옮겨 간 후에는 더욱 그랬다. 옹기 장인들은 봄부터 가을까지 일하기로 계약을 맺고 일정 부분 선불을 받은 다음에 일을 시작하는 것이 보통이었다. 그런데 가을 일 준비가 한창일 무렵 광범이네 삼촌이 아직 받지 않은 임금까지 포기하고 다른 공방으로 옮겨 간 것이다.

뒷일꾼이란 옹기장이가 옹기를 만들 수 있도록 질흙을 발로 다지고 손으로 수없이 치대서 송편 반죽처럼 말랑말랑하고 찰지게 만들어 내는 사람을 말했다. 그게 쉬운 일 같아 보여도 여간 힘든 일이 아니어서 남자, 그것도 체력이 좋은 젊은 남자가 주로 맡는 일이었다. 아버지와 광범이네 삼촌 사이에 뭔가 말다툼이 있었다고 했다. 일이 그렇게까지 커지리라고 예상하지 못한 아버지는 난감했다. 뒤늦게 부리던 사람에게 사과하고 다시 데려오자니 자존심이 허락하질 않았고 그렇다고 내버려 두자니 일 년 농사를 망칠 판이었다. 어디서 다른 사람을 구해 올 수도 없었다. 공방마다 한창 바쁜 철이라 일손이 모자랄 뿐더러 사람을 구하려면 다른 공방에서 일하는 사람을 꼬드겨 광범이네 삼촌처럼 계약을 깨고 나오게 하는 수밖에 없는데 옹기 공방 연합회 회장을 맡고 있는 아버지가 그런 짓을 할 수는 없는 노릇이었다.

아버지는 차라리 일 년 농사를 포기하려고 했다. 자기가 발 벗고 나서서 질흙을 이기면 되련만 아버지는 자기 손에 흙을 묻힐 생각은 아예 하지 않았다. 할 수 없이 엄마가 나섰다. 아버지가 고집을 꺾지는 않을 테고 삼촌들도 각자 맡은 일이 있는 지라 엄마가 뒷일을 하게 된 것이다. 억지로 시킨 사람도 없지만 힘드니까 하지 말라고 말리는 사람도 없었다. 엄마는 다른 일꾼들이 일을 시작하기 전, 새벽 시간과 일을 끝내고 돌아간 늦은 밤 시간에 컴컴한 공방에서 질흙을 치대고 또 치댔다. 낮 시간에는 도무지 짬이 나지 않아서였다. 뒷일을 새로 시작했다고 누군가 집안일을 거들어 주거나 삼시 세끼 일꾼들의 식사를 준비하는 일을 대신해 주지 않았다. 엄마에게 쉬는 시간이라곤 옥이에게 젖을 물리는 시간밖에 없었다. 옥이는 공방의 가장 뒤쪽, 질흙이 마르지 않도록 음습하게 만들어진 공간 안에서 허겁지겁 주린 배를 채워야 했다. 시간이 지날수록 주변 사람들은 물론 엄마 자신조차 질흙을 치대는 뒷일이 처음부터 엄마 일이었던 것처럼 여기는 것 같았다. 사람들은 질흙이 모자라도 엄마를 채근했고, 식사 준비가 늦어도 엄마를 채근했다. 엄마는 옷은 물론이고 머리카락, 심지어 손톱 밑까지 까맣게 질흙이 끼어 있었다. 온종일 헝클어진 머리에 남자용 작업복 차림으로 집과 공방을 들락거리면서도 자신의 모습이 어떤지 거울 한 번 돌아다볼 여유가 없었다.

그러나 아버지는 달랐다. 옹기 공방 연합회 회장으로서 집에 붙어 있을 새도 없이 바빴지만 늘 깔끔한 와이셔츠 차림이었다. 아버지가 하는 일이란 것이 주로 사람을 만나는 일이기는 했다. 하지만 그해 여름 아버지가 그토록 바빴던 이유는 따로 있었다.

굴 마당에는 말수레꾼 용구가 실어 온 나무가 산더미같이 쌓여 있고 오전부터 모여든 동네 아낙네들이 저마다 준비해 온 낫으로 나무 겉껍질을 벗겨 내고 있었다. 옹기를 구울 때는 껍질을 벗겨 내고 최대한 잡티를 없앤 소나무를 써야 했다. 최고 온도를 내기 위해서였다. 소나무에서 검고 딱딱한 겉껍질을 벗겨 내면 하얗고 부드러운 속껍질이 나왔는데 그것은 아이들 차지였다. 껌처럼 입안에 넣고 질겅질겅 씹으면 달짝지근한 맛과 함께 향긋한 솔 향이 입안에 가득했다.

나무껍질을 벗긴다고 나무 주인이 따로 품삯을 주는 것은 아니었다. 그것은 까마득한 옛날부터 옹기를 구우며 살아 온 동이네 마을에 대대로 내려오는 품앗이 전통이었다. 사람들은 품삯 대신 각자가 벗겨 낸 껍질은 각자 자기 집으로 가져갈 수 있었고 그것을 부엌 한쪽에 쌓아 두고 겨우내 땔감으로 사용했다. 그것이 누구네 공방에 나무가 들어왔다 하면 동네 사람들이 앞다퉈 달려가는 진짜 이유였다.

나무를 사러 간 아버지는 집에 오지 않고 말수레꾼 용구만 열흘 동안 마을과 멀리 떨어져 있는 벌목지를 오가며 나무를 실어 날랐다. 마지막 날 수레의 세 배 높이로 쌓아 올린 나무 짐을 끌고 온 갈색 말이 더운 입김을 쏟아 내며 여물 한 통을 다 씹어 삼킬 때쯤, 아버지가 택시를 대절해서 타고 왔다. 택시에서 낯선 여자가 함께 내렸다. 구불구불하게 파마한 머리에 나비머리핀을 꽂은 젊은 여자였다. 여자는 호기심으로 휘둥그레진 동네 아낙들의 시선을 뒤로한 채 동이네 집 건넌방으로 후다닥 사라졌다.

그날도 동이는 밤늦게 윗말까지 술 배달을 다녀왔다.

"왜 이리 늦었어? 윗말까지 갔다 온 거냐?"

엄마의 목소리는 잔뜩 쉬어 있었다.

불도 켜지 않고 컴컴한 어둠 속에서 엄마는 무얼 하고 있었던 걸까.

"그 술 이리 내라."

동이가 가슴에 품고 온 술병을 부뚜막에 내려놓았다.

엄마가 술을 대접에 따르더니 찬물을 켜듯 벌컥벌컥 들이켰다. 술을 마시지 않는 엄마인데 오늘은 웬일일까? 동이는 윗말까지 가서 받아 온 술을 엄마가 다 마셔 버릴까 봐 조마조마했다. 아버지가 알면 날벼락이 떨어지는 것도 두렵지만 이 야심한 밤에 윗말까지 또 술 배달을 가게 될까 봐 지레 걱정이 되었다. 그러나 더 이상 아무 일도 일어나지 않았고 그날 밤이 조용히 지나갔다. 이튿날도 마찬가지였다. 여자는 없는 사람처럼 건넌방에서 나오지 않았고 엄마는 말없이 죽어라 일만 했다. 그렇게 한동안 아무 일도 없었다는 듯이 시간이 흘러갔다.

몹시 더운 날 밤이었다. 여자가 마당에 나와 조심조심 펌프질을 해서 대야에 물을 받았다. 그리고 긴 머리칼을 밑에서부터 돌돌 말아 올려 나비머리핀으로 고정시키고는 드러난 목덜미에 차가운 물을 적셨다.

"흐미!"

여자가 소리를 냈다.

지하 수십 미터 깊이에서 끌어올린 물은 잔털이 오소소 일어설 정도로 차가웠다. 보는 사람은 없는지 여자가 주위를 살펴보았다. 모두 잠들고 사방이 고요했다. 조금 대범해진 여자가 가랑이까지 치마를 걷어 올렸다. 살집이 좋은 여자의 허벅지가 달빛에 고스란히 드러났다.

"흐미미⋯⋯."

물을 끼얹을 때마다 여자 입에서 소리가 새어 나왔다.

마침 변소에서 나오던 동이가 그 모습을 보았다. 여자의 속살이 달빛에 반사되어 뽀얗게 빛나고 있었다. 그런데 여자를 본 사람은 동이뿐이 아니었다. 변소를 무서워하는 동이를 따라 나온 엄마가 있었다. 엄마는 어둠 속에 붙박인 채 뚫어져라 여자의 허벅지를 노려보고 서 있었다.

뭔가 이상한 기운을 알아차린 걸까? 뒤를 돌아본 여자의 시선이 엄마의 시선과 뒤엉켰다. 여자가 얼른 치마를 내리고 자기 방으로 종종걸음을 쳤다.

굴 마당에 산처럼 쌓여 있던 나무들이 모두 정리되고 오랜만에 굴 마당이 비었다. 껍질을 벗긴 소나무는 굴 옆에 있는 나무 창고에 차곡차곡 쌓여 있었다. 이번에는 막내 삼촌이 유약을 바르고 건조까지 끝난 옹기들을 공장에서 꺼내 와 굴 마당에 늘어놓았다. 그것을 둘째 삼촌이 굴속에 있는 오삼이 아저씨에게 날라다 주었고 오삼이 아저씨는 그것을 굴의 끝부분부터 차곡차곡 쟁여 나갔다. 옹기를 쟁일 때에는 큰 항아리 속에 작은 항아리를, 작은 항아리 속엔 뚝배기나 작은 반대기 같이 더 작은 그릇을 넣는 방식으로 속을 채운다. 그리고 그 위에 넓적한 반대기를 올려놓고 그 위에 또다시 항아리를 올리는 방식으로 굴의 천정까지 닿도록 옹기를 쌓아 올렸다. 비스듬하게 경사가 진 바닥에 옹기들이 미끄러지지 않도록 항아리 밑에 사금 파리를 끼워 넣어 무게 중심을 잡는 것이 무엇보다 중요했다. 잘못해서 한 줄만 기울어져도 도미노처럼 연달아 넘어 져서 깨지는 일이 벌어지기 때문이었다. 작년부터 옹기 일을 배우기 시작한 삼촌들이 공방에서 굴속까지 옹기를 날라다 주기는 해도 옹기를 쟁이는 일만큼은 오삼이 아저씨

혼자서 도맡아 했다. 그만큼 중요한 일이어서 기술자인 오삼이 아저씨가 책임지고 해야 하는 일이었다.

사실 아버지는 근방에서 가장 큰 공방을 운영하고 있지만 옹기에 대해서는 아무것도 몰랐다. 대대손손 옹기를 만들며 살아온 점촌(店村)에서 태어났으면서도 일찍이 옹기쟁이는 되지 않겠다고 선언한 이후, 아버지는 고집스럽게 손에 흙을 묻히지 않으려고 버텼다. 그 대신 아버지는 바깥일을 도맡았다. 도시를 돌며 새로운 판로를 개척하고 질 좋은 재료를 물색해서 들여왔다. 아버지의 공방은 해가 갈수록 번창했다. 플라스틱 용기가 붐을 타기 이전의 일이었다.

굴이 다 채워지자 물을 넣어 이긴 진흙으로 굴 양쪽 측면에 듬성듬성 뚫려 있는 창을 막았다. 이제 모든 준비가 끝나고 불을 지펴야 하는 시점이었다. 먼저 마르지 않은 솔가지로 연기를 피웠다. 가마 속의 옹기가 갑자기 뜨거운 불에 놀라지 않도록 준비시키는 단계였다. 옹기를 구울 때는 밤낮으로 삼박 사일을 꼬박 불을 때야 한다. 처음에는 연기를 넣어 김을 쐰 다음에 서서히 온도를 높여 가는 것이 중요했다. 급작스럽게 온도가 올라가면 그릇에 금이 가고 유약을 바른 표면이 균일하게 구워지지 않았다.

옹기장이들 말로 '때깔'이 좋으냐 나쁘냐 하는 것은 전적으로 불길을 얼마나 잘 잡느냐에 따라 결정되었다. 이렇게 '불길을 잡는 능력' 을 가진 사람을 '불잡이'라고 칭하는데 동이네 마을에서는 덕구 할아버지를 최고로 쳤다.

동이도 알아챌 만큼 건넌방에 뭔가 불길한 기운이 흐르고 있었다. 여자가 안에 있기는 한데 식구들 모두 없는 사람처럼 여기는 것이 아닌가. 약속이라도 한 듯이 무관심을 가장하고 누구도 여자를 언급하지 않았다. 식사 시간에도 여자는 나오지 않았다. 할머니가 따로 밥상을 들여다 주었다.

"이제 와서 지가 뭘 어쩌겠냐? 누가 저더러 쓰잘데기 없는 가시네들만 셋씩이나 싸질러 놓으라고 했간디?"

할머니가 방 안에서 하는 말이 엄마가 있는 부엌에까지 들렸다.

김장철이 지나 한 해 일을 끝내고 당분간 공방이 쉬게 되었을 때, 엄마는 집안일에 열중했다. 명절이나 다가와야 할까 말까 하던 대청소를 사흘에 걸쳐 해치우더니 묵은 이불을 꺼내 빨고 아이들의 겨울 양말과 내복을 꺼내 살피고 해진 곳을 기웠다. 그러고도 지치지 않았는지 생전 돌리지 않던 재봉틀을 붙들고 오래된 한복을 뜯어 동이와 청이의 옷을 만들기도 했다. 엄마는 전에 없이 신경이 날카로워져 있었지만 그렇다고 겉으로 드러내지는 않았다. 달라진 점이 있다면 한숨과 혼잣말이 늘었다는 것이었다. 엄마는 신세 한탄도 아니고 기도하는 것도 아닌 말들을 입 안에 물고 끊임없이 구시렁거렸다.

밭에서 푸성귀를 수확하던 중이었다. 엄마가 뜬금없이 물었다.

"우리 동이, 엄마 없어도 잘 살 수 있지?"

무슨 말을 하려는 걸까? 요즘 엄마는 대답하기 곤란한 이상한 것만 물었다.

"엄마 어디 가?"

동이가 되물었다.

"응."

"어디? 외갓집?"

"아니."

"그럼 어디?"

"그냥……."

동이가 멀뚱멀뚱 엄마 얼굴을 쳐다봤다. 눈시울이 벌게진 엄마가 동이를 품에 끌어안았다.

"아빠랑 할머니 말씀 잘 듣고……. 우리 동이는 착하니까."

동이가 불안한 마음으로 고개를 끄덕였다. 엄마가 다시 혼잣말을 구시렁거리며 손에 닿는 대로 푸성귀를 따서 소쿠리에 담았다. 동이의 시선이 엄마의 초라한 뒤통수에 닿았다. 엄마는 파마를 하지 않은 생머리를 검정 고무줄로 묶고 있었다. 동이는 건넌방 여자처럼 엄마도 구불구불하게 파마를 하고 나비머리핀을 꽂으면 예쁘겠다고 생각했다.

"엄마, 나비머리핀 비싸?"

"건넌방 아줌마가 머리에 하고 있는 그런 거 말이냐?"

"응"

"그 아줌마 이쁘지?"

엄마가 다시 물었다. 동이가 고개를 끄덕였다. 재게 놀리던 엄마의 손이 멈췄다. 일할 마음이 싹 가신 모양이었다.

"그만 가자."

반밖에 차지 않은 소쿠리를 옆구리에 끼고 엄마가 좁은 밭두렁을 앞장서 걸었다. 웃자란 풀들이 동이의 종아리에 휘감겼다. 집에 도착할 때까지 엄마는 입을 꾹 닫은 채 더 이상 한 마디도 하지 않았다.

밤늦게 동이네 개 '워리'가 끙끙거렸다. 아버지가 돌아온 모양이었다. 마당에서 수동식 펌프질 소리가 났다. 콸콸 물이 쏟아지고 양은 대야가 시멘트 바닥에 닿아 찌그럭거렸다. 워리가 앞발을 들고 주인을 맞는 기쁨의 시위를 계속하는가 보다.

"어허 워리, 어허."

워리를 어르는 아버지의 나직한 목소리가 들렸다.

안채로 들어오는 아버지의 발소리. 조금만 있으면 아버지는 엄마의 방을 지나 여자가 있는 건넌방으로 향할 것이다. 아버지의 발소리가 점점 가까워졌다. 엄마가 방문을 확 열어젖혔다. 엄마는 알몸이었다. 그야말로 실오라기 하나 걸치지 않은 알몸으로 턱하고 문턱에 걸터앉더니 불량스럽게 다리를 꼬았다. 그러고는 담배를 꼬나물었다. 아버지의 입이 쩍 벌어졌다. 엄마가 보란 듯이 담배에 불을 붙였다. 담뱃불이 빨갛게 타들어 갔다. 볼우물이 깊게 패이도록 연기를 들이마신 엄마가 아버지의 면상에 대고 후, 하고 연기를 내뿜었다. 어둠 속에서 희멀건 엄마의 젖가슴이 선명하게 드러났다. 청이가 빨아먹고 동이가 빨아먹고 옥이가 빨아먹어서 축 늘어진 허연 젖통이 달빛 아래 덜렁 거렸다.

"아주 미쳤구나 미쳤어!"

아버지가 무섭게 눈을 부라렸다.

"그래 미쳤다! 두 눈 벌겋게 뜨고 서방 뺏긴 년이 미 치지 않고 어떻게 배겨?"

누가 들을세라 목소리가 잦아드는 아버지와는 달리 엄마의 목소리는 크고도 당당했다.

"너 정말 죽어 볼래?"

엄마가 물고 있던 담배를 빼앗아 마당에 던져 버린 아버지는 우격다짐으로 엄마를 방 안으로 밀어 넣으려고 했다. 엄마는 필사적으로 버텼다. 아버지의 오른손이 엄마 의 어깨 위로 올라갔다.

"그래, 죽자. 다 같이 죽자구."

엄마가 머리로 아버지의 가슴을 들이박았다. 몸싸움 이 벌어졌다. 95킬로그램 대 45킬로그램. 처음부터 상대 가 안 되는 게임이었다. 엄마는 결국 아버지의 얼굴에 줄 하나 긋지 못하고 이불 위에 나동그라졌다. 아버지가 엄마 를 번쩍 들어서는 방 안으로 내던져 버린 것이다.

창불을 때는 날 밤은 참으로 대단했다. 진흙으로 막아 두었던 가마의 창을 모조리 열고 창마다 두 명씩 붙어서서 가마 속에 껍질을 벗긴 소나무 기둥을 집어넣었다. 쇠라도 녹일 듯이 타오르는 벌건 불길로 굴 마당은 물론 마을 앞 신작로까지 대낮처럼 밝았다.

가마 속을 보여 달라고 동이가 아버지의 다리를 껴안고 매달렸다. 아버지가 동이를 들어 올려 무동을 태워 주었다. 줄을 서 있는 옹기들 사이로 춤을 추듯 너울대는 불꽃이 보였다. 이글거리는 해 같았다. 동이는 홀릴 듯이 혀를 날름거리는 불길에서 잠시도 눈을 뗄 수가 없었다. 예뻤다. 그리고 무서웠다. 동이가 아버지의 팔뚝을 꼭 붙들었다. 열 발자국 쯤 떨어져서 들여다보는데도 얼굴이 데일 듯이 뜨거웠다. 아버지의 팔뚝도 뜨거웠다. 불꽃이 튀어 데인 곳이 한두 군데가 아니었다. 동이가 그 팔뚝에 혀를 대고 침을 발라 주었다.

하늘도 땅도 아이들도 불면의 밤이었다. 팽나무 잎사귀마다 불꽃 그림자가 일렁이고 아이들이 팽나무 가지에 꽃처럼 매달려 있었다.

마을에서 가장 연장자인 덕구 할아버지가 아들의 등에 업혀 굴 마당으로 나왔다. 마을에서 가마 불을 제일 잘 보기로 소문난 노인이었다.

"어서 오십시요, 어르신."

아버지가 허리를 구십 도로 굽히며 인사를 했다.

덕구 할아버지가 조금 더 굴 가까이 가자고 아들을
채근했다. 아버지가 얼른 막걸리 한 사발을 따라 올렸다.
덕구 할아버지의 얼굴이 환해지며 이가 하나도 없는 동굴
같이 컴컴한 입이 막걸리를 향해 벙긋 벌어졌다.

여자가 굴 마당에 나왔다.

"자지 않고 왜 나왔어요?"

아버지는 내심 반가운 눈치였다.

"사방이 환하니까 잠이 안 와요."

아버지가 여자의 손을 이끌고 덕구 할아버지에게 데
려갔다.

"인사 드려요. 우리 마을의 큰 어르신이에요."

여자가 다소곳이 덕구 할아버지에게 고개를 숙였다.
덕구 할아버지가 여자를 위아래로 살펴보더니 뭔가 알아
들을 수 없는 말을 하며 벙싯거렸다. 그를 업고 온 아들이
통역해 주었다.

"아들이 틀림없다고 하시네."

아버지의 입도 덩달아 벙싯거렸다. 아버지가 어딘가

에서 작은 항아리를 가져와 엎어 놓고는 그 위에 수건을
깔고 여자에게 앉으라고 권했다. 여자가 얌전하게 치마를
모으고 그곳에 앉았다.

덕구 할아버지가 뭐라고 웅얼거리며 가마를 향해 크
게 팔을 휘둘렀다. 이번에는 제대로 알아들은 아버지가 창
불을 때고 있는 일꾼들에게 소리쳤다.

"지금이야! 나무를 모조리 털어 넣어. 온도를 최고점
으로 올리라고!"

나무를 집어넣는 일꾼들의 손놀림이 빨라지자 검은
하늘에 별처럼 반짝이는 불티들이 팽나무 주위로 쏟아져
내렸다. 가마 입구와 등허리를 따라 한 쪽에 여섯 개씩, 총
열두 개의 창에서 불길이 하늘로 치솟고 있었다. 이글거리
는 열기 때문에 가마의 등골이 꿈틀거리는 용 같았다.

"우리 아기는 용의 기운을 타고 날 거예요. 틀림없이."

여자가 불길에 휩싸인 가마를 보며 말했다.

굴뚝처럼 연기가 빠져나가는 길인 가마의 끝에서 하
얀 연기와 함께 붉은 불길이 치솟았다. 드디어 용이 여의
주를 물고 불을 뿜는 형상이 완성된 것이다. 용의 울음소
리가 금방이라도 천지를 뒤흔들 것만 같았다. 거품처럼 불
티가 사방으로 튀었다. 용이 승천하려는가 보다. 검은 하

늘에 하얀 입김을 쏟아 내며 거대한 용이 마지막 용트림을
하고 있었다.

"동이야, 이리 와 봐."

여자가 저만치 비켜서 있는 동이를 불렀다. 동이가
여자에게 다가갔다. 여자가 자기 무릎에 동이를 앉히고 헝
클어진 머리를 손으로 빗질해 주었다. 아버지가 그 모습을
흐뭇하게 바라보았다.

"우리 동이 참 착해요. 말도 잘 듣고 심부름도 잘하
고……."

여자가 자기 머리에서 빼낸 나비머리핀을 동이의 머
리에 꽂아 주며 말했다.

"고맙습니다. 아줌마."

"아줌마가 뭐냐? 엄마라고 불러야지."

아버지가 동이를 나무랐다.

"엄마요?"

동이가 아버지를 빤히 올려다보며 물었다.

여자가 아빠에게 살짝 눈총을 주었다.

"괜찮아, 아줌마라고 불러도 돼, 아니면 작은 엄마라
고 부르든지."

동이가 마지못해 고개를 끄덕였다. 뭐가 뭔지 혼란스

럽고 어지러웠다. 지난여름에 더위 먹었을 때처럼.

덕구 할아버지는 막걸리 한 사발에 취해 아들의 품에서 잠이 들고 그 아들과 건넌방 여자와 아버지와 동이, 네 사람이 말없이 불꽃을 바라보고 있었다. 불꽃이 날름거리는 뱀의 혓바닥처럼 동이를 홀리려 들었다. 동이의 몸이 자꾸 흔들렸다. 불꽃이 최면을 거는 것만 같았다.

"졸리면 그만 들어가 자렴."

아버지가 말했다.

팽나무 근처에서 놀던 아이들도 어느새 모두 집으로 돌아가고 없었다. 동이가 몽롱한 눈길로 집으로 가는 내리막길을 내려갔다. 청이가 대문 앞에서 동이를 기다리고 있었다.

"그거 어디서 났어?"

청이가 다그쳤다.

"아줌마가 아니 작은 엄마가 줬어."

동이가 대답했다.

"뭐라고? 작은 엄마?"

청이가 다짜고짜 동이의 머리채를 휘어잡더니 나비 머리핀을 빼앗아 등 뒤로 감췄다.

"이리 줘."

동이가 소리쳤다.

"싫어."

청이도 지지 않고 소리쳤다.

"내 거란 말야."

동이는 청이에게서 나비머리핀을 빼앗으려고 하고 청이는 뺏기지 않으려고 실랑이를 벌이다 동이가 울음을 터뜨렸다. 청이가 보란 듯이 나비머리핀을 땅바닥에 내팽 개치더니 발로 짓이겨 부서뜨린 것이다.

"이 배신자. 너는 이까짓 게 엄마보다 더 좋아? 좋으 냐고?"

청이의 눈에도 눈물이 고여 있었다. 동이는 뭐라고 항변하고 싶었지만 입만 달싹거릴 뿐 말이 나오지 않았다. 청이가 동이의 어깨를 잡고 흔들었다.

"니가 그러니까 엄마가 안 오는 거야, 팽나무 위에 올 라가서 몇 날 며칠 기다려 봐야 아무 소용도 없다구, 이 바 보야!"

동이는 무슨 말인지 통 모르겠다. 가마 속을 너무 오 래 들여다보아서 그런가. 눈앞에 너울대는 불꽃들이 아른 거리고 몸에서 열이 났다.

날이 밝았다. 밤새도록 타오르던 가마의 창에 진흙을 바른 쌀가마니 덮개가 덮여 있었다. 뜨거운 열기로 가득한 가마 속에 바깥의 찬 공기가 새어 들지 못하게 하려는 것이었다. 이제 용은 승천하고 가마는 잔열만 남아 고요했다.

추적추적 비가 내렸다. 어젯밤까지 팽나무에 꽃처럼 매달려 있던 아이들도 오늘 아침엔 얼굴을 내밀지 않았다. 듬성듬성 살이 빠진 우산을 쓰고 광식이가 굴 마당에 나왔다가 함께 놀 아이들이 없는 것을 보고 집으로 들어가 버렸다.

그날 저녁 동이의 방에 어른들이 모여들었다.

"뭐 상한 것 먹이지도 않았는데 야가 왜 이러는지 모르것다. 저번에 읍내서 지어 온 약도 먹여 봤는데 암 소용도 없고……."

아버지의 크고 거친 손바닥이 동이의 이마에 와 닿더니 화들짝 놀랐다.

"언제부터 이랬는데요?"

"그것도 잘 모르겠어야. 동이 야가 엥간이 독한 년이 아니잖냐. 쬐끄만 것이 아퍼도 생전 아프단 소릴 해야 말이지. 어제 저녁밥도 안 먹고 잔 것 같은데 아침에 지 언니 학교 가는 것도 안 보고 종일 잠만 자는 거라. 그래서 방에 들어와 봉께 이렇게 축 늘어져 있드만, 뭐."

"그럼 바로 병원에 데려갔어야죠. 그냥 두면 어떡해
요?"

"워매매. 똥 뀐 놈이 성낸다고. 너 시방 이 엄니한테
승질내는 거냐? 새각시한테 정신이 팔려서 지 새끼가 죽
어 나자빠진 것도 모른 너는 뭘 얼마나 잘했는데 엉?"

사흘이 지나도 동이의 열은 내리지 않았다. 병원도
약도 소용없었다.

"이러다가 큰일 치르고 말겠다. 지 어미한테 알려는
줘야 허지 않겠냐?"

"집 나간 여편네를 어디 가서 찾아요?"

"짠해서 차마 못 보겠다. 어린 것이 지 어미 떨어져서
병이 다 났는가벼. 청이한테 들어 봉께 동이 야가 허구헌
날 팽나무 위에 올라가서 지 어미가 오나 안 오나 신작로
쪽만 바라보고 있었디야."

할머니의 버석한 목소리가 두 갈래로 갈라졌다.

아버지가 온통 열꽃이 핀 동이의 뺨을 어루만졌다.

"동이야, 눈 좀 떠 봐. 아빠야."

아버지의 목소리가 메아리처럼 동이의 귓전에서 멀
어져 갔다.

동이는 꿈속을 헤매는 중이었다. 꿈속에서 머리핀 속의 나비가 동이의 주위를 맴돌았다. 언제 돌아온 걸까. 엄마가 동이를 보고 환하게 웃고 있었다. 동이가 엄마에게 달려가 치마폭에 매달렸다. 나비도 동이를 따라 날아갔다. 동이가 엄마의 품에 코를 박고 냄새를 맡았다. 누룽지처럼 밍밍하고 묵은 쑥떡처럼 달짝지근한 엄마 냄새였다. 동이가 엄마를 보며 웃었다. 햇살보다 더 밝게 웃었다. 그런데 이상하다. 나비가 보이지 않았다. 방금 전까지 동이 곁에 있었는데 어디로 날아가 버렸나 보다. 나비를 찾아 두리번거리던 동이가 엄마의 뒤통수를 올려다보았다. 나비가 거기 있었다.

예뻤다. 나비머리핀을 꽂은 엄마는 정말 예뻤다.

이남희

1958년 부산에서 태어나 충남대학교 철학과를 졸업한 후 무작정 상경 교사
가 되었다. 1986년 소설《갑신정변》이 당선되어 1989년 전업작가로 나섰다.
이후 중앙대학교 대학원을 졸업 여러 대학에서 소설 창작을 가르치게 되었
다. IMF 시기에 자기 발견을 위한 자서전쓰기 강좌를 시작했다. 현재 명상
에 집중하고 있는데 6년째 초보자다. 대표작으로《사십세》《플라스틱 섹스》
《자기발견을 위한 자서전쓰기》《나의 첫 번째 글쓰기 수업》 등이 있다.

잠들지 못하는 행성에서

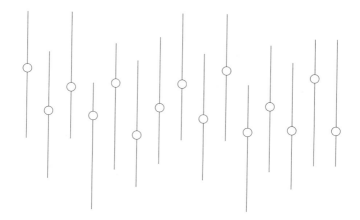

1. 몸시계와 마음시계 맞추기

가루비누가 나온 것은 중학생 때였다. '하이타이'라는 상표였는데, 그 광고에선 눈부신 햇살 아래서 빨랫줄에 널린 흰 셔츠들이 춤을 추었고, '하얗게, 하얗게, 새하얗게' 때를 빼 준다고 노래했다. 고형비누로 빨래하던 사람들은 입이 딱 벌어졌다. 원더풀한 신세계였다. 가루를 물에 넣고 휘휘 저으면 거품이 와그르르 일어났고, 거무스름한 옷을 빨면 하얗다 못해 푸르스름하기까지 했다. 아이들은 그걸로 비눗방울을 불었으며 어른들은 머리 감을 때 대야에 한 스푼씩 넣기도 했다.

나는 여름 교복은 그걸로 빨아야 한다고 어머니를 졸랐다. 내 교복만 누렇다고. 하이타이를 헌 칫솔에 묻혀 흰 운동화를 박박 문지르던 일이 떠오른다. 꺼멓게 때 낀 표면이 거품으로 뒤덮이자 하얗게 변했다. 나는 상상했다. 온갖 생각으로 찌들어 거무죽죽할 나의 뇌도 꺼내 뽀득뽀득 닦은 다음 도로 집어넣었으면 하고.

기억하는 한 나는 생각이 지나치게 많은 아이였다. 왜, 언제부터 그랬는지는 모른다.

내게 온 질문이 아닌데 나서서 대답했구나(으이그 이

오지랖)! 라면땅을 먹는 친구 앞에서 소리 내어 군침을 삼켰네(으, 쪽팔려). 속이 뻔히 보이는 변명을 늘어놨구나(다들 눈치챘을 거야)……. 몸을 비비 꼬며 신음하고 이불을 걷어찼다. 당시엔 대수롭잖다며 지나쳤던 일들이 뒤늦게 우르르 몰려와 행진하기 시작하면 어쩔 줄을 몰랐다.

침대에 누워 자려는데 불현듯 생각의 고삐가 풀려 버릴 때가 있다. 모든 게 문제이기도 했고 아니기도 했다. 그러다 보면 바닥없는 우물 속으로 빠져 버려 허우적거리며 헤어 나올 길을 찾지 못했다.

생각은 어떻게 시작되고 어떻게 그치는가? 어딘가에는 생각을 켜고 끄는 스위치가 있을 법한데 도무지 찾을 수가 없었다. 잃어버렸나? 고장이라도 났나? 혹 내 머릿속에는 내 맘대로 조종할 수 없는 비디오 같은 게 설치되어 있는가? 나만 불량품으로 태어났을까?

번화한 거리에 밤낮 소음이 그치질 않듯 생각은 언제나 머릿속을 휘젓고 다니며 내게 온갖 잔소리를 퍼부었다.

따라서 입면 장애에 시달렸다. 불면증이라서 아예 잠을 안 자는 게 아니라 잠드는 과정이 어려웠다는 뜻이다.

사람들은 심각하게 여겨 주지 않았다. 비슷한 조언들을 했다.

"원래 불면증이라는 건 없는 거야. 안 자고 사는 동물은 없으니까."

"낮에 운동을 해 봐. 몸이 죽도록 피곤하면 잠은 저절로 오게 돼 있어."

그 '저절로'가 어려웠다. 기절할 정도로 피곤해서 몸이 잠에 빠져들려는 순간, 생각이 뒷덜미를 잡곤 했다. 이대로는 잠들지 못하겠다고 작정이라도 한 듯 생각은 끝없이 훼방을 놓았다. 피로감이란 거센 바람이 문짝을 떠밀어 닫히기 직전인데, 삐걱거리는 문과 문틀 사이에 생각이라는 발이 쐐기처럼 끼어 문은 닫히지 못했고 끼인 발이 엄청 아팠다.

데카르트의 명제 '나는 생각한다, 고로 존재한다'는 틀린 소리였다. 내가 생각하는 게 아니었다. 생각은 나와 별개인 생명체처럼 그저 일어나는 거였다. 대부분의 생각은 뜬금없이 일어났고, 내 의지와는 상관없이 꼬리에 꼬리를 물며 돌아다녔다.

'괴로워서 이대로는 살 수가 없네.'

철학을 전공하고 정신 분석을 받고 심리 치료를 공부했다.

소용이 없었다.

어머니가 돌아가시자 죽음과 나 사이에 쳐 있던 울타리가 싹 걷어치워진 것 같았다. 죽음의 옆얼굴이 언뜻언뜻 시야에 들어왔다. 새로운 고민이 덧붙었다.

밤마다 생각이 이대로는 잠들 수 없다면서 훼방을 놓듯, 죽을 때가 되어 신체는 죽으려고 하는데 정신이 이대로는 못 죽겠다며 문틈에 발을 끼우고 쐐기 노릇을 한다면 얼마나 괴로울까? 아마도 잠 못 드는 밤의 고통과는 비교도 할 수 없으리라.

수면제나 상담보다는 명상이 도움이 될 거라는 말을 들었다.

'나는 날마다 점점 더 좋아지고 있습니다'라며 긍정적 자기 암시를 주입하는 세뇌 비슷한 명상이나 감사일기 쓰기 단전 호흡, 마인드컨트롤, 릴랙스를 위한 보디스캔 같은 것들을 기웃대듯 시험했다.

의자에 앉아 몸을 곧추세우고 눈을 감는다. 정수리에 주의를 집중한다. 그 부위의 감각을 살핀다. 이완되고 있다고 상상한다. 그다음은 이마, 눈, 코, 입…… 한 부위씩 차례로 집중하고 느끼고 이완을 상상하면서 왼쪽 새끼발가락까지 짚어 간다. 다음엔 거꾸로 발가락부터 머리끝까지 집중하고 이완하는데 더하여 그 부위가 내 몸의 일부가 아니라고 상상하면서 정수리까지 살펴 간다.

빠르게 하면 십오 분 정도, 천천히 하면(너무 느리게 하다 보면 졸 수 있으니 적당히) 20분쯤 걸리는데 집중이 잘될 때는 몸과 마음이 분리되어 유체 이탈한 기분에 젖기도 했다. 마음이 쑥 빠져나가 천장에 들러붙어서 의자에 앉아 있는 내 몸을 가만히 지켜보고 있는 상태였다.

이것저것 기웃거리며 뜬구름 잡듯 돌아다니다 불교에 이르게 되었다. 불교철학이라면 익히 나는 잘 알고 있다고 생각했다. 그런데 이런 이야기를 들었다.

어떤 사람이 병이 나서 유능하다고 소문난 의사를 찾았다. 의사는 진찰하고 처방전을 써 주었다. 그렇게 얻은 처방을 이용하는 방식에는 세 가지가 있었다. 첫 번째는 그 의사를 신뢰하고 존경하는 마음이 커서 그 의사의 사진을 벽에 붙여 놓고 아침저녁으로 그 앞에서 절하고 처방전을 암송한다. 두 번째는 처방전을 곰곰 읽어 보고 거기에 쓰인 약들이 어떻게 작용하는지 연구하고 미심쩍은 건 의사에게 다시 물어보기도 한다. 그다음엔 이웃과 싸우기 시작한다. 그 처방전이 다른 의사들 것보다 우수하다고 논쟁하는 것이다. 세 번째는 그 처방전에 나온 대로 약을 지어서 복용한다. 이 중 병이 낫는 결과를 얻는 건 세 번째다.

사실 마음의 문제는 지적인 활동으로 해결하기가 어렵다(안다고 행동이 달라지지는 않는 걸 익히 경험하지 않는가?). 머리로 아는 지식은 거죽지식에 불과하니까 직접 체험하고 느끼면서 몸의 지식으로 쌓아 가야 조금씩 바뀌면서 원하는 정화가 온다[심리학에선 '나도 알고 있다'면서 마음의 상처를 지적 우월감으로 덮으려는 방어기제를 지적화(知的化)라고 부른다. 가방끈이 긴 사람들이 흔히 범하는 오류다].

종교나 철학이 아닌 수행으로서의 불교! 고개가 끄덕여졌다.

나도 처방전대로 약을 복용해 보기로 했다.

처음 절에 가서 명상에 참여했을 땐 당혹스러웠다. 산속은 곱절로 추운 겨울의 한복판이었다. 컨테이너로 지은 강당에서 침낭에 들어가서 잤다. 단상에는 갈비뼈가 앙상히 드러난 부처의 고행상이 모셔져 있었다. 살이 다 썩고 뼈만 남은 시체 같은 형상이라 시야에 들어올 때마다 외면하게 되었다. 네 시에 일어나 108배를 했는데 얼마나 추웠는지 그래도 몸이 더워지지 않았다. 그다음엔 다리를 꼬고 앉아 등을 곧게 펴라고 했다.

"정수리에 끈을 달아 위로 쭉 잡아당기는 것처럼 몸

을 곧게 폅니다."

양다리를 겹쳐서 꼬아 앉는 가부좌가 알고 보면 가장 편안한 자세라고 했다. 그런 자세라야 며칠이고 미동도 없이 앉아 있을 수 있다는 거였다. 나는 무릎을 접어 한쪽 발을 다른 쪽 무릎 위에 얹었다.

"눈을 감고 마음을 코끝에 집중합니다. 코끝에서 숨이 나가고 들어오는 것을 가만히 지켜봅니다. 긴장을 풀고 자연스럽게 숨을 쉽니다. 그러다 보면 숨소리가 파도 소리처럼 크게 들릴 겁니다. 마음이 코끝을 떠나 과거나 미래로 가면 즉시 알아차리고 지금 여기 코끝으로 돌아옵니다."

숨이 들고 나는 것을 지켜보기만 하면 된다니, 껌이군, 했다. 그렇게 사십 분을 앉아 있는 게 예삿일이 아니라는 걸 곧 알게 됐다. 처음엔 구부려 앉은 다리가 슬슬 아파왔다. 움직이지 말고 통증을 가만히 지켜보라고 했다. 지켜보다 보면 통증은 자연히 사라진다고. 억지로 참았다. 옛날 일들이 슬슬 떠오르기 시작했다. 주로 후회스런 일들. 바보 같았어. 얼굴이 홧홧 달아오르다 못해 고개까지 내저어졌다. 벌떡 일어나고 싶어 몸이 움찔거렸다. 머리도 아팠다. 아메리카노를 투샷으로 해서 마시면 정신이 번쩍 들 텐데. 오다가 휴게소에서 본 커피숍이 떠올랐다. 나가기만 하면 달려가 커피부터 사 마시리라. 해야 할 일들이 줄줄이 떠오르기 시작했다. 책을 새로 한 권 다 쓰고 세계일주도 했다. 뒤늦게 마음이 헤매는 걸 알아차리고 코끝으로 잡아다 앉혔다. 숨이 들어오고 나가는 걸 지켜보는 와중에도 뜬금없이 어떤 장면들이 스냅 사진처럼 불쑥불쑥 끼어들었다. 고삐 풀린 소처럼 우왕좌왕하는 마음을 잡아다 코끝에 매어놓으려고 기를 썼다. 지나치게 애를 썼는지 마음은 화가 나서 호흡에는 단 오 분도 머무르려고 하지 않았다. 하는 수 없이 혀를 살짝 깨물고는(이 정도는 괜찮지 않을까?) 먼지 자욱한 방 안을 상상하기로 했다. 먼지 알갱이들이 햇빛을 받아 반짝이며 하나씩 하나씩 내려앉고 있다.

"청소가 되는 중이야."

주문을 걸었다. 그래도 호흡을 자꾸 놓쳤다.

"난 정말 집중력이 꽝이구나."

투덜대다가 잠들어 버렸다.

자신이 졸고 있다는 걸 종소리가 난 다음에야 알아차렸다. 매뉴얼대로 하진 못했으나 그래도 상쾌하고 가뿐했다. 그 뒤로 아침마다 108배를 하고 명상을 하게 되었다. 하지만 왠지 막연했고 괴로움은 그치지 않았다.

그곳에서는 절을 강조했다. 괴로움은 내가 마음을 어

떻게 먹느냐에 달려 있으니까(一切唯心造). 내가 마음을 돌이키기만 하면 괴로움은 사라질 것이다. 즉 부정적인 해석으로 내달리는 마음을 알아차리고 긍정적으로 세상을 바라봐야 한다. 그러기 위해서는 절을 많이 해야 한다고 했다.

"절을 왜 절이라고 하겠어? 가면 무조건 절부터 시키니까 절이라고 하는 거야."

매일 아침 108배, 원하는 것이 있거나 반성할 게 있으면 300배(1시간쯤 걸린다). 때로는 천 배(한나절 꼬박 해야 한다), 3천 배(밤새도록 한다). 시체보다 흉측하게 생긴 고행상을 모시는 이유가 이래서였군. 무슨 극기훈련단에 가입한 것 같았다. 어렵다고 했더니 만 배(온종일), 3만 배(3일 연속 한다) 하기도 한다고 했다. 또 만 배를 100일 동안 하는 사람도 있다니 잘 상상이 안 됐다.

따지고 보면 일이 벌어지고 난 다음에 그걸 곱씹는 게 내 특기였다. 하도 잘근잘근 씹다 보니 잠을 못 자고 헤매고 있는 게 아닌가? 잘못했구나, 다음부터 그러지 말아야지, 하는 반성도 하도 많이 하다 보니 자존감(자존심이 아니다)은 추락하다 못해 바닥을 박박 긁고 있는 터였다. 아무튼 "모든 것은 나로부터 나아가 나에게 돌아옴을 안다.", "모든 게 내 마음에 달렸다." 같은 기도문을 아침마다 암송하려니 자책감이 점점 더 나를 옥죄어 왔고, 우울증도 심각한 수위를 오르내렸다. 또다시 정신과에 가서 약을 처방받게 되었다.

한 군데 정착하지 못하고 기웃거리고 다녔다. 절 싫으니 중이 떠난다는 소위 '이 절 저 절파'처럼 지내다가 마음 가볍게 명상하는 걸 배운 것은 초기불교 선원에서였다. 두루뭉술하지 않은 점이 내 욕구에 맞았다. 마음이 거리끼면 절을 하라, 한 생각 돌이키기만 하면 괴로움이 사라진다는 식의 주문은 멀찌감치 치워 두게 되었고, 초기불교 경전에 나오는 부처의 명상법을 한 스텝 한 스텝 명료하게 배울 수 있었다.

부처의 명상법은 사마타(집중)와 위빠사나(통찰)가 있다. 사마타 명상은 집중을 닦아 선정에 들어 온전히 자아가 사라지는 경지까지 체득하는 것인데, 그러기 위해선 마음을 호흡에 붙여 놓는 연습을 해야 한다고 했다.

앉아서 꼼짝도 하지 않고 오감을 닫아 버리면(몸에서 일어나는 모든 감각에 신경 꺼 버리면) 자신이 호흡을 하고 있다는 사실만 남는다. 지금 여기에서 일어나고 있는 유일한 일인 호흡에만 주의를 기울인다. 코끝에서 미세하게 들어오고 나가는 공기의 흐름을 지켜보다 보면 어느덧 내쉬는 공기와 들이쉬는 공기의 온도 차까지 알아챌 수 있게 되고 그러다 보면 호흡이 사라지는 경험도 할 수 있다고 한다. 또 시야는 점점 환해지는데 나중엔 빛이 나타나게 되고 그런 다음 선정에 든다는 것이다. 아마도 집중의 최대치일 이 경지는 프로이트가 종교적 체험의 대양감(大洋感)이라고 불렀던 상태와 같을 듯하다.

물론 연습 몇 번으로 당장 되는 건 아니었다. 내 경우 초기엔 마음이 코끝에 붙어 있는 시간이 오 분을 넘지 못했다. 과거나 미래로 마음이 달아나면 한참 헤맨 후에야 그 사실을 알아차리고는 코끝으로 돌아오곤 했다. 차차 알아차리는 간격이 짧아졌다. 심지어 마음이 딴 곳으로 달아나려는 순간에 알아차리는 경우도 있었다. 보통 과거의 기억을 떠올리는 것뿐 아니라 잠재의식 깊숙이 파묻혀 있어 있는 줄도 몰랐던 기억들이 조금씩 올라왔다. 아무렇든지 제멋대로 떠오르는 여러 상념들을 그에 휘둘리거나 시비를 가리거나 비판하지 않고 지켜보면서 담담히 놓아 버리곤 지금 여기 호흡으로 돌아오기도 했다. 점차 과거나 미래로 돌아다니는 생각들이 의미 없는 백색 소음처럼 여겨졌다. 호흡을 지켜보고 있노라면 으레 뒤편에서 흐르게 마련인 BGM 같은 것으로 말이다.

그러자 명상하려고 앉아 있을 때뿐 아니라 일상생활 속에서도 내 마음이 타인의 것처럼 관찰되는 일도 생겼다.

　　저녁밥을 지으면서 낮에 말다툼했던 걸 떠올리고 있음을 알아차리면 의식적으로 숨을 크게 두어 번 쉬고 지금 여기서 내가 하고 있는 음식 만들기의 동작으로 돌아온다. 손끝에서 느껴지는 파의 촉감은 매끈하고 차가운지, 물컹한지, 냄새가 매운지, 간격이 고르도록 썰고 있는지, 나아가 칼끝을 정확히 도마 끝까지 밀었다가 당기고 있는지…… . 천천히 움직이면서 한 동작 한 동작 놓치지 않고 알아차리려고 해 본다.

　　만약 어떤 학생의 말을 듣고 있는데, 저편에 기다리던 다른 학생이 나타나 반갑다고 마음이 불쑥 달려갔다면, 즉시 알아차리고 지금 여기 이 학생에게도 마음을 불러들인다. 그와 제대로 시선을 맞추고 있는지, 말을 놓치지 않고 듣고 있는지…… .

　　과거에 관한 생각들은 대부분 쓸데없는 후회에 불과하니까 새끼를 치기 전에 현재로 돌아오고, 미래에 관한 생각들은 쓸데없는 망상에 불과하니까 정말 계획이 필요하다면 별도로 시간을 정해서 하기로 하고 현재로 돌아온다.

　　내가 컨트롤할 수 없었던, 불가항력에 가깝다고 여

겨졌던 머릿속 수다가 서서히 힘을 잃어 갔다. 마음챙김 (mindfulness), 혹은 알아차림(sati)이 나도 조금은 되고 있는 것이리라.

내 몸이 존재하고 있는 지금 여기에서 내 몸이 하고 있는 움직임에 마음도 함께해 나가도록 조정하는 것, 몸시계의 바늘과 마음시계의 바늘을 같은 시각으로 맞추면서 살아가는 것, 이것이 명상의 주된 목표는 아니라 할지라도 (불교 수행의 궁극 목표는 괴로움의 소멸, 해탈이라고 들었다) 명상을 익히는 과정에 얻을 수 있는 크나큰 이익이라는 생각이 들었다.

지금에 와서 돌이켜 보면 정말 고통스러웠겠다 싶다. 마음은 언제나 어제나 내일에서 헤매고 있고 몸만 오늘, 지금에 존재했으니, 그런 상태라면 마음 없이 몸만 움직이고 있는 좀비나 다름없었을 것이다.

사실 의미 있는 낱말을 더듬거리기 시작한 이래로 나는 늘 그런 식으로 살아왔다. 마음시계의 바늘은 대부분 어제나 내일에 맞춰져 있었다. 가정에서나 학교에서나 사람은 생각이라는 걸 하고 살아야 하며 그걸 잘해야 똑똑하고 잘난 것이라고 배웠다.

그리하여 생각이 과거에 가 있으면 자기반성을 할 줄 아는 객관적인 시각을 가졌다는 자부심에 부풀었고, 미래에 가 있으면 성취동기가 뚜렷하고 이상이 높은 거라고 합리화했다.

"생은 다른 곳에."

젊었을 때 나는 랭보의 이 시구를 좋아했다. 이건 1968년 프랑스 학생혁명의 슬로건이기도 했다. 현재의 세상을 부정하고 뛰어넘어 이상적인 미래를 꿈꾼다는 의미일 터다. 그때 학생들은 진정한 인생은 오늘이 아닌 내일이라야 가능하다고 여겼던 것일까? 그렇다면 지금 자신이 살고 있는 현재는 임시적인 것이어서 진지하게 여길 필요가 없다고 간주했던 것일까?

그리스 신화에서 탄탈로스는 시지프스와 더불어 고통받는 인간을 상징하는 인물이다. 그는 신들의 음식을 훔쳐 인간에게 준 죄로 지옥에 떨어져 벌을 받는다. 사지가 묶인 채 늪에 빠져서 목까지 물에 잠기고 머리 위에는 과일이 달린 나뭇가지들이 얹혀 있다. 배가 고파 과일을 따먹으려고 손을 뻗으면 나뭇가지는 위로 달아나고 목이 말라 물을 마시려고 고개를 숙이면 수면이 뒤로 물러나 영원한 굶주림과 갈증에 시달린다.

그처럼 진정한 인생도 손에 닿을 듯 닿을 듯 눈앞에서 아른거리지만 언제까지나 손에 넣을 수 없는 내일에 미뤄지기만 한다는 것인가?

터무니없는 낭만적 부정성.

곰곰 생각하다 보니 이것은 내 부모로부터 나에게로 대물림된 사고방식이 아니었던가 싶어진다.

어렸을 때 나의 부모님은 지금 여기가 아닌 다른 곳에 진짜 인생이 있다고 여기면서 사셨다. 그들은 6·25 전쟁 때 부산으로 피난 가서 거기서 우리 5남매를 낳았고 키웠다. 그러는 동안 부산에서의 생활은 잠정적인 피난살이에 불과한 것이었다.

고향에 돌아갈 때까지 20년 가까이나 살면서도 부모님에게 부산은 어디까지나 임시로 머물고 있는 피난지였다. 부산 생활을 돌이켜 보면 부모님은 왠지 초조하고 불안해 보였다. 어디에도 뿌리를 내리지 못한 채로 떠도는 듯한. 진짜 인생은 고향으로 돌아가야 비로소 시작될 거라고 믿고 있는 듯한. 랭보의 '생은 다른 곳에'가 보여 주려고 한 삶의 지평의 확장이 아닌 현재의 삶을 부정하는 아우라. 그 불안과 어설픔은 내게로 대물림되어 어른이 된 뒤까지도 계속되었던 것 같다.

2. 생은 다른 곳에

1960년대 초반, 내가 초등학교에 입학하기 전, 아이들은 주로 골목에서 놀았다. 동틀 녘 나뭇가지에서 새들이 잠에서 깨어 짹짹거리듯, 아침 밥상을 물릴 즈음이면 골목은 'OO야, 놀자'며 아이들이 서로를 불러내는 소리로 시끌벅적해졌다. 아이들은 다방구라며 술래를 정해 놓고 뛰어다니거나, 사방차기라고 깨금발로 뛰며 돌멩이를 칸에 차넣었고, 어른들이 시끄럽다고 쫓으면 골목 한구석에 모여 소꿉놀이나 학교놀이를 했다.

당시 아이들에게 높으신 양반이란 순경 아니면 선생이었다. 우는 아이는 순경이 온다고 하면 정말 울음을 뚝 그쳤고, 취학 전 아이라도 선생이란 무서운 아버지들도 고개를 숙이는 존재라는 걸 잘 알고 있었다. 역할놀이를 할때면 다들 선생 역을 맡고 싶어 했다. 어린아이들일수록 의외로 공정성을 중시했다. 군소리 없이 승복할 수 있는 절차를 거쳐 선생 역을 정했다. 불러 주는 대로 글자를 써 보이는 일이었다. 선생이란 회초리를 들고 칠판에 어려운 글자를 쓰는 사람이었으니까.

하루는 뒷집 종길이가 색다른 물건을 들고 나타났다.

다른 아이들이 돌멩이나 사금파리를 쥐고 낑낑댈 때, 종길이는 푸른 기가 도는 하얀 돌조각으로 땅바닥에 근사하게 글자를 썼다.

"곱돌(석필)이야. 선생님들이 쓰는 분필하고 같은 거야."

곧 그 쓰임새가 무궁하다는 게 밝혀졌다. 어디에나 문지르기만 하면 하얀 자국이 남았으므로, 까만 판자벽에 낙서하기 좋았고, 관공서 담벼락에 있는 반공방첩이란 빨간 페인트 글씨도 하얗게 덮을 수 있었으며, 땅따먹기나 사방치기를 할 때 그걸로 금을 그어 놓으면, 선명해서 다툴 여지도 거의 없었다. 종이도 연필도 귀한 시절이었다. 모두가 군침을 삼켰다. 나도 한 조각 갖고 싶어 목구멍에서 손이 튀어나올 지경이었다.

종길이는 주웠다고 했다. 동네 앞 부두에 가면 야적장에 어마어마하게 쌓여 있으니 갖고 오기만 하면 된다고. 물론 배 들어오는 때를 알고 용감해야 하지만.

"철조망을 넘어갈 때 순경에게 들키면 죽어."

부산 본항인 동네 앞 부두에 미군 수송선이나 구호물자를 실은 화물선이 들어오면 온 동네가 술렁거렸다. 설이나 추석 명절을 앞둔 때처럼 돌연 활기가 돌았고, 한가하게 어슬렁거리던 아저씨들의 발걸음이 바빠졌다. 거기서 내린 화물을 트럭에 실어 4킬로미터쯤 떨어진 미군부대로 이송하는 동안 최대한 많이 빼돌려야 하기 때문이었다. 트럭이 달리는 도중에 짐칸에 탄 인부들이 보따리를 길에다 툭툭 던지면(당시 부산은 시내도 비포장도로가 많아 덜컹대다 보면 화물이 굴러 떨어지기도 했다) 아저씨들이 길목을 지켰다가 주워 오곤 했다.

길 건너 이층집 아저씨의 별명이 홍길동인 까닭은 아예 트럭에 뛰어들어 보따리를 끌어내리기도 했기 때문이었다. 그는 경찰의 추적도 용케 잘 피해서 잡히지 않았다. 달리는 차에 뛰어들다니 목숨을 걸었을 테지만, 그렇다고 부자는 못 되었다. 항상 다음을 기약하곤 했다.

"이번 배만 들어오면."

아저씨들의 입버릇이었다. 복권처럼 운에 달린 문제라고 했다. 운이 좋아야 보따리 속에 값나가는 게 들어 있었고, 나쁘면 허접쓰레기나 다름없는 것들이 걸렸다. 속에 무엇이 들어 있을지는 던지는 인부들도 몰랐다. 그러나 운이 아무리 나쁘다고 해도 손질만 잘하면 국제시장에 내다 팔 수 없는 물건은 없었다.

어른들을 따라 아이들도 철조망을 넘어가서 가져오

는 걸 주워 온다고 말했다.

드디어 소식이 왔다.

"어제 곱돌을 잔뜩 실은 배가 들어왔대."

곱돌을 주우러 가던 날, 나는 어머니에게 허락도 얻지 않고 몰래 동네 아이들을 따라갔다.

늦은 오후였다. 어둑해야 경비원들의 눈을 피할 수 있기 때문이었다. 우리는 떼 지어 시장통을 죽 걸어 내려갔다. 인근에서 가장 높은 5층짜리 건물, 제비표 페인트 빌딩 앞에서 걸음을 멈췄다. 눈앞엔 차도가 망망하게 펼쳐져 있었다.

이 글을 쓰면서 지도를 찾아보니 당시 살던 집에서 부두까지는 겨우 1킬로미터 남짓이다. 그러나 그때의 나에겐 세상의 끝인 것 같았다.

차도는 혼잡했다. 가운데는 전차 레일이 깔려 전차들이 땡땡 종소리를 내며 오갔고, 양편에는 마차며 시발택시, 삼륜화물차, 지프차 같은 것들이 달리고 있었다. 신호등 따위는 아무도 지키지 않았다. 차머리들이 들쑥날쑥 엉키면 운전수들은 삿대질하면서 고함을 쳐 댔고, 곧 다시 틈새를 찾아내 달려갔다. 아이들은 손 붙잡고 하나, 둘, 셋을 외치며 일제히 뛰었다. 나는 그들과 속도를 맞추지 못하고 처졌다. 갑자기 눈앞에 전차가 달려들었다. 비명을 지르는데 누군가 내 손을 잡고 힘껏 끌어당겼다.

공터가 나왔고 철조망 너머가 부두였다. 아이들은 서성거리며 빈둥댔다. 해가 설핏 기울고 푸르스름한 박명이 깔리자 비로소 검은 그림자가 된 아이들이 찢어진 철조망 밑으로 기어들어 갔다. 커다란 곱돌 암석은 시커멌다. 우린 들고 갈 만한 조각을 찾아다녔는데, 작을수록 푸르고 흰 빛깔이 감돌았다. 나도 욕심껏 주머니에 쑤셔 넣었다. 호루라기 소리가 났다. 다들 뛰기 시작했다.

다시 시장통을 거슬러 올라갈 땐 캄캄한 밤이었다. 상점들마다 백열전구와 카바이드 호롱불을 켜 놓았는데, 낮에 지나온 그 거리가 아닌 듯 낯설었다. 주머니가 무거워 나는 자꾸만 걸음이 느려졌다. 도중에 유별나게 불빛이 환히 비치는 곳이 있었다. 옆으로 빠지는 길에서 불빛이 번져 나온 거였다. 말로만 듣던 텍사스 골목이었다. 한국인은 출입금지라고 했다. 불빛에 홀린 나방처럼 나도 모르게 우뚝 멈췄다.

어려서부터 나는 멀티태스킹이 안 되는 장애가 있었다. 뭔가 하나에 정신 팔리면 다른 것은 보이지도 들리지도 않았다. 그런 내게 어머니는 해찰하지 말라고 지청구를

하셨는데, 이 글을 쓰면서 사전을 찾아보니 해찰은 내가
아는 뜻이 아닌 것 같다.

해찰하다: ① 마음이 썩 내키지 않아 물건을 부질없이 이
것저것 집적거려 해치다.
② 일에는 마음을 두지 않고 쓸데없이 다른 짓을 하다.

어머니가 내게 해찰하지 말라고 꾸중하실 땐 길 가다
가 처음이거나 신기해 보이는 것과 마주치면 그걸 구경하
느라 어머니의 치맛자락을 놓치곤 하는 경우였고, 어른이
된 후에는 흥미로운 책을 읽고 있는데 전화가 오면 받지
못한다거나, 텔레비전을 보는데 재미있으면 옆에서 말을
걸어도 알아듣지 못한다든가 할 때였다. 아무튼 나로선 쓸
데없는 다른 짓이 아니라 일단 발동한 호기심이 충족되어
야 다음 스텝으로 넘어갈 수 있는 당연한 행동이었다.

하긴 그때 귀가 중이라는 사실을 까맣게 잊고 시장
모퉁이에서 불빛에 홀려 있었던 건 쓸데없는 다른 짓이랄
수도 있었다.

텍사스 골목은 완전 딴 세상이었다. 색색의 네온사인
이 반짝거려 길 전체가 환했다. 신나는 음악과 웃음소리,

구성진 유행가와 말소리들. 길 한복판에선 미군들이 서부 총잡이들처럼 드잡이질을 했고, 진한 화장에 화려한 드레 스를 입은 여자들이 가게 앞에서 서성거리거나 미군들 팔 에 매달려 웃고 있었다. 쉬쉬 목소리를 낮추어 속삭이는 퇴폐와 부도덕이란 눈이 휘둥그레질 만큼 눈부시고 화려 한 것이었다.

혼잡한 시장 구석에서 넋 놓고 서 있는 나를 어머니 가 어떻게 찾아냈는지 모른다. 확실히 기억하는 건 집으로 와 아버지의 베개를 들고 벌 선 일뿐이다. 두 팔은 끊어질 듯 아팠고 저녁밥을 굶어 배에선 연신 꼴꼴거리는 시냇물 흐르는 소리가 났다.

노마드적인(nomadic: 유목민적).

IMF 이후, 세상이 점점 빠르게 변하고 있으니까, 즉 시 이동, 변화해 갈 수 있는 생활 방식을 가져야 살아남을 수 있다면서, 들뢰즈의 철학 읽기가 필수가 되고, 그의 책 에 나온 '노마드적'이라는 말을 아무 데나 접두어로 붙이 던 때였다. 어른이 되어서도 여전히 초딩 입맛을 가진 나 를 보고 식성으로 유목민과 정착민을 나눌 수 있다고 이야 기해 준 사람이 있었다. 정착민은 장독 같은 데서 오래 발

효시킨 장아찌 같은 저장 음식을 선호한다면, 유목민은 먹고 나면 얼른 보따리를 싸서 다른 곳으로 이동해야 하니까 즉석에서 만들어 단번에 다 먹어 치울 수 있는 일품요리에 길들여져 있다는 것이다.

그 시절 우리는 보리죽이나 국수로 끼니를 때우는 일이 허다했고, 어쩌다 입에 들어오는 미군 전투식량 씨레이션 박스에서 나온 버터나 치즈, 소시지 같은 것이 잔치 음식이었다.

유목민적인 것은 음식만이 아니었다. 우리 집 살림살이는 내일 다시 이사 갈 집처럼 간소하기 짝이 없었다. 부모님은 전국 각지에서 몰려온 피난민들을 근본 모를 상것들이라고 비하했고, 우린 양반이니까 그들과는 달라야 한다, 체통을 지켜야 한다고 우리를 가르쳤다. 머지않아 고향에 돌아갈 테니까 집 같은 건 가져 봐야 소용없을 터였고, 살림살이는 솥과 이불 정도면 충분했다. 이불은 오시레(일본식 가옥의 벽장)에, 옷은 궤짝이 들어 있었고, 나무 사과 박스가 찬장과 조리대 구실을 했다.

그런 시절 그런 동네에 사느라, 어머니로선 날이 저물면 자식들을 집으로 불러들이는 게 중요한 일과였던 것 같다. 큰언니를 제외하곤 열 살 미만이었던 우리 형제들은 낮이면 화신목욕탕 골목이나 관공서 담벼락 밑에서 놀았다. 어쩌다 우리가 원정을 간대야 동쪽으론 대영극장, 서쪽은 초량국민학교, 북쪽으론 초량성당 정도가 고작이어서 우리 집 이층 베란다에서 내다보며 이름을 부르면 불러들일 수가 있었다. 그러나 가끔 작은언니는 멀리 산복도로에 있는 방송국까지 놀러 가기도 해서 속을 썩였다. 그런 날이면 언니를 찾아올 때까지 우리는 밥상 앞에 앉아 입을 꾹 다물고 기다려야 했다. 침침한 불빛 아래 점점 식어 가던 저녁밥. 배가 꼬르륵거리며 재촉하는 소리. 어머니의 짜증은 무서웠다.

어머니의 기분은 어린 나로선 짐작할 수 없는 이유로 쾌청과 흐림을 오르내렸는데, 때론 그 경계가 아슬아슬해서 나는 자꾸 눈치를 보았다. 지금 생각해 보면 어머니의 기분을 내가 어찌해 볼 수는 없었을 테니, 눈치 보기란 어린아이들의 애달픈 헛수고가 아닐 수 없다. 그 시절 어머니의 모습은 어두워지는 하늘을 배경으로 우리를 찾느라 베란다에 서 있는 검은 실루엣으로 각인되어 있다.

나는 아버지를 아빠라고 불러 본 적이 없다. 혀 짧은 베이비토크를 말해 본 기억도 없다. 동네 아이들처럼 아빠, 아재, 아지매라고 호칭을 줄여서 부르거나 존댓말을 빼먹거나, 햇쪄요라고 콧소리라도 섞을라치면 당장 '어린 양(척)하지 말라'는 어머니의 불호령이 떨어지곤 했다. 모든 말은 공손하게 '습니다'로 끝나야 했다. 지금 듣는다면 무척 괴상할 것 같다. 억센 부산 억양에다 충청도 사투리의 했어유처럼 늘어진 어휘의 조합이라니.

아무렇든지 큰 문제는 아니었다. 우리는 부산에 잠시 살고 있는 거니까. 고향으로 돌아가기만 하면 다시 양반답게 살 거니까. 어머니는 교전비(몸종)와 하인을 여럿 거느리고 시집왔다는 양반집 맏딸의 추억을 소설 <구운몽>을 읽는 것처럼 이야기해 주셨고, 아버지는 '이번에 배만 들어오면' 돌아갈 수 있을 거라고 말씀하시곤 했다. 옛 이야기책에나 나올 것 같은 어머니의 화려했던 과거와 아버지의 배 들어오는 미래는 얼기설기 엮인 출렁다리를 건너는 것 같던 어설픈 우리 생활의 앞과 뒤에서 금박을 뿌린 신기루처럼 어슴푸레하니 반짝거리고 있었다.

피난민들이 사는 하꼬방(판잣집)들이 점점 달라졌다. 검은 판자벽을 허물고 브로크를 쌓거나 곁에 시멘트로 지은 집들이 늘어났다. 어느 순간부턴가 외제 물건은 구호물자가 아니라 밀수품으로 불리게 되었다. 동생이 먹는 모리나가 분유도 밀수품이 되어 경찰의 단속 대상이 되었다. 학교에서 돌아오는 척 책가방에 분유 깡통을 숨겨 나르던 일이 기억난다. 교회며 성당에선 헌옷이나 우유가루 같은 걸 나눠 주지 않게 되었다. 나아가 학교에선 풍부했던 옥수수빵 급식이 확 줄었다. 너나없이 가난했기에 청소 당번이 빵을 받는 것으로 정해졌다. 아침엔 다이얼비누 대신 흑사탕 비누로 세수했는데 거품이 잘 안 났고, 콜게이트 치약 대신 락희 치약으로 이를 닦으면 아무리 헹궈도 입안에 이상한 쓴맛이 남았다. 양초처럼 색은 남지 않고 미끄러지고 부러지던 국산 크레용, 심이 뚝뚝 부러져 금방 몽당연필이 되던 국산 연필, 똥종이로 된 국산 공책. 그 공책은 회색 바탕에 색색깔 이물질 부스러기가 홈스펀 옷감처럼 울퉁불퉁 박혀 있고 연필 쥔 손에 조금만 힘을 주면 찢어지곤 했다. 그럼에도 국산품 애용하여 애국자가 되자는 구호가 사방에서 울려 퍼졌고, 학교나 거리에서의 단속은 심해져 갔다.

풍경은 전쟁 후의 절대적인 궁핍에서 서서히 벗어나고 있었다.

세상은 빠르게 변하고 있는데도, 나의 부모는 예전 그대로 임시방편처럼 살아갔다. 부산에 뿌리를 내리려고 하지 않았다. 여전히 집도 없이 가재도구며 이불 보따리를 싸 들고 남의 집 셋방을 전전했고, 아버지는 국제시장에 가게를 마련하지 않은 채로 도깨비장사를 계속했다.

부산을 떠난 것은 내가 초등학교 5학년을 마칠 즈음이었다.

갑자기 아버지가 사라졌다. 어머니는 표정을 잃고 입을 굳게 다물어 버렸다. 적막이 깊어졌다. 이사하려고 가구를 싹 들어낸 집처럼, 아니 방들이 돌연 커진 것처럼 휑 뎅그렁한 기운이 감돌았다. 바싹 마른 햇볕이 바스락대며 들이쳤고 소리는 길게 이어지지 못하고 눈치 보듯 힐끔힐끔 수군거리다 졸아들었다. 가슴을 죄는 나날들이 흘러갔다. 어머니가 내게 아침밥과 점심밥 중 어느 쪽을 먹겠느냐고 물으셨던 게 이 무렵이었다. 나는 점심밥을 택했다. 나에겐 하루 중 오후 시간이 젤 길었기 때문이었다.

겨울이 시작되던 어느 날, 어머니는 우리를 데리고 기차를 탔다. 비로소 아버지는 먼저 청주에 가서 옷가게를 하고 계신다는 설명을 들었다.

해질 무렵 조치원역에 도착했다. 거기서 버스를 타고 청주 시내로 들어갔다. 진입로에는 해묵은 플라타너스 가로수들이 터널을 이루며 죽 늘어서 있었다. 석양이 내려앉아 어두컴컴해진 길섶에는 낙엽이 수북이 쌓였고, 그 위에는 눈 같은 것이 얼어붙어 하얗게 반짝이고 있었다. 나도 모르게 부르르 진저리를 쳤다.

"눈이구나."

겨우내 영하로 내려가는 날씨가 드문 부산에서 태어나서 자란 나는 도무지 청주의 겨울 날씨에 익숙해지질 못했다. 당시 외투는 '오바'라고 불렸는데, 쌀 한 가마니 값이었다. 당연 오바를 입는 사람은 많지 않았고, 특히 아이들은 집에서 뜨개질로 짠 스웨터 종류를 껴입고서 겨울을 났다. 냉기는 뼛속까지 사무쳤다. 나는 늘 등을 곱송그리며 다녔고, 동상에 걸리기 직전으로 빨갛게 부푼 손가락과 발가락이 간지러워 어쩔 줄을 몰랐으며, 자주 감기에 걸려 코를 훌쩍거렸다.

다다미방의 여름 열기를 품은 바싹 마른 볏짚 냄새, 알싸한 생강차가 보글보글 끓고 있던 따스한 난로, 방을 가로질러 창문으로 뻗어 나간 연통에 널린 빨래가 내뿜은 비누 향, '유담뽀'라고 불렸던 보온 물통. 밤에 뜨거운 물을 담아 수건으로 싸서 이부자리에 넣어 놓으면 배와 발이 따뜻해졌고, 아침에는 그 속의 따뜻한 물로 세수했다.

대신 청주에는 온돌방이 있었다. 아궁이에 레일을 깔아 연탄 화덕을 밀어 넣고 구들을 데우는 방식이었는데, 따뜻한 곳은 쟁반 크기의 아랫목뿐이었고 윗목은 차디찬

돌바닥 그대로였다. 밤이 되어 윗목에 솜이불을 펴고 들어 가면 이가 달달 떨렸고, 이불 밖으로 나온 코끝이 알싸하 니 시렸다.

청주에선 언제나 겨울만 이어졌던 것 같다.

나는 전학 서류도 제대로 갖추지 못하고 온 터라 받아 주는 대로 강 건너 초등학교에 들어갔다. 아침마다 나는 동 네 아이들과는 반대 방향으로 다리를 건너 등교해야 했다.

6학년이 되었다. 학교는 중학 입시를 골인 지점으로 삼아 질주하기 시작했다. 중학교 평준화가 시행될 거라는 소문이 돌았다. 사람들은 숙덕거렸다.

"대통령 아들이 올해 중학교를 가야 하는데, 공부를 지지리도 못하기 때문이래."

확정 발표가 났던 여름까지 학생들은 입시라는 미래 에 인질로 잡혀 살았다. 선생들은 몽둥이를 들지 않고는 교실에 들어오지 않았다. 진학 학교별로 분단을 나누고, 차별화된 문제지를 풀고, 성적순으로 좌석 배치를 하고, 등수에 따라 체벌 대상을 가르고, 성적이 나쁘면 청소 당 번을 시키는 게 당연시되었다.

우리는 아침 일찍 등교해 자습이라는 명목으로 교과 서며 전과를 밑줄 쳐 가며 외운 다음 반장이나 분단장에게 확인 도장을 받았고, 해가 진 다음에는 교실에서 시험 문제를 풀거나 복습을 했다. 지금의 고교생들이 대학에 진학하기만 하면 인간답게 살게 될 거라고 망상하듯, 그 시절 초등 6학년생들도 중학교에 들어가기만 하면 자유와 행복이 찾아올 거라고 믿었던 듯하다.

　　어두워지면 정적은 점액처럼 끈적하게 쌓이면서 퍼져 갔다. 컴컴해지는 교실에서 아이들은 육중하게 내리누르는 점액질 정적에 질식할 것만 같아지고, 선생의 발소리는 점점 더 큰 메아리가 달린다. 시험 날자가 가까워지면 학생 한 명쯤은 기절하거나 토하는 것도 이 시간대다. 토사물에선 대개 누런 박카스 냄새가 진동했다. 잠자지 않고 공부하게 만들어 준다는 박카스. 책상에 목이 뻣뻣할 정도로 수그리고 앉아 있노라면 어느덧 복도에선 발소리가 들리기 시작한다. 선생은 책상 사이를 오가며 '사랑의 매'라는 글자를 새긴 몽둥이로 아이를 쿡쿡 찌른다. 지적당한 아이는 활짝 표정이 펴지며 벌떡 일어나 복도로 나간다. 저녁 도시락이 온 것이다. 그 틈을 타서 깊은 한숨과 함께 수런거림이 일어나고, 몽둥이로 교탁을 탁탁 치는 소리가 정적에 다시 자물쇠를 채운다. 나의 도시락은 오지 않을 것이다.

　　내 6학년 담임선생은 그 학교에서 가장 무섭다고 소

문이 났는데, 명문 중학교 합격률이 높아서 학부형들 사이에서 인기가 많다고 했다. 학생들은 온종일 그의 향방에 신경을 곤두세우고 지냈다. 자습 시간은 물론 쉬는 시간, 청소 시간에도 그의 발소리가 들리지나 않는지(안짱다리여서 슬리퍼 끄는 소리가 남달랐다) 귀를 쫑긋거리며 이야기하고 장난쳤다. 수업 시간 그가 말을 하다가 갑자기 어조가 달라지거나 그의 눈이 기름 먹인 것처럼 번들거리기 시작하면 교실은 순식간에 얼어붙었다. 그는 기분이 좋을 땐 명문 학교를 나와야 인생을 성공한다, 똥통 학교를 나왔다가는 신세 조진다는 설교를 사례까지 들어가며 길게 늘어놓았는데, 기분이 좋을 때가 그리 많지는 않았다. 학생들은 그가 말과 말 사이를 띄울 때마다 얼른 웃음소리를 끼워 넣어 비위를 맞추면서도 또 언제 어떻게 변할지 몰라 진심으로 웃지는 못하고 눈치를 살피곤 했다. 대부분의 시간을 그는 학생 한 명을 찍어서 비아냥대어 조롱거리로 만들거나, 위협하거나, 매질하면서 보냈다. 시험이 끝나면 벌벌 떠는 학생들을 줄 세워 놓고 차례로 틀린 개수만큼 엉덩이나 손, 발바닥을 때렸다. 열 대면 열 번을 몽둥이가 살에 닿을 때마다 복창해야 했다.

"지금이 편하면?"

목청껏 외쳐야 하는 대답은 '장래가 고생이다'.

하루는 조회 시간에 담임선생이 나를 운동장 구석으로 불렀다.

"집에서 보세 옷가게를 하지? 아버지께 내가 리바이스 청바지를 한 장 달란다고 해라. 엉덩이가 큰 거라야 된다."

그는 자기 엉덩이를 탁탁 두들겨 보이면서 큰 걸로 가져오라고 몇 번이나 강조했다.

그 말을 나는 아버지께 전하지 못했다.

무엇을 하든, 어떻게 하든, 내 말과 행동은 담임선생의 비위를 거스르게 된 듯싶었다. 조롱과 구타가 시작되었다. 때로는 엎드려뻗쳐서 맞고 나면 절름거리며 걷게 되는 매질. 어쩔 줄을 몰랐다. 나는 매 맞는 게 정말 두려웠다. 내 부모는 잘못하면 벌은 세울지라도 감정이 실린 등짝 스매싱 같은 건 물론, 격하게 때리는 일은 거의 없었다. 정말 심하게 잘못했을 때도 회초리를 가져오고 종아리를 걷게 하는 게 최대치였다. 아침마다 눈을 뜨는 게 공포였다. 자주 아프려고 노력했다. 쥐어짜 내듯 콜록거리는 마른기침, 왠지 머리가 쪼개지는 것 같은 두통, 과장되게 배를 부여잡는 복통, 이마의 열로만 증명할 수 있기에 열심히 이마를 문지른 몸살 같은 핑계는 어머니껜 통하지 않았다. 등

교하는 척 집을 나서서 중앙공원이며 무심천변을 혼자 배
회하기도 했다.

"대낮에 책가방을 들고 혼자 뭐하냐?"

낯선 어른들의 쓸데없는 참견. 어쩔 수 없어 이튿날 학
교에 가 보면 내 책걸상은 맨 뒷줄 문가로 치워져 있었다.

당시 청주는 아주 작은 도시였다. 걸어서 돌아다니기
엔 컸지만, 차를 타고 어딜 가기엔 작은. 자전거로 이동하
는 정도가 딱 알맞은. 등하교 시간이면 도로는 자전거들로
홍수를 이루었다.

그곳은 도시가 아니라 일가친척끼리 모여 사는 씨족
마을 같았다. 특히 우리 집이 있는, 본정통이라고 불렸던
시내의 주민들은 서로가 서로를 잘 알고 지냈다. 모두가
친척 아니면 사돈의 팔촌이라도 되는 성싶었다. 그렇지 않
고서야 남의 집 형편을 잘 아는 정도를 넘어서 그 집 숟가
락 숫자까지 꿰고 있을 리가 없었다. 간신히 사귄 또래들
과 어울려 그들 집에 가 보면, 그 집 어른들은 인사하는 아
이들을 이름 대신 'OO 약국집 몇째 딸'이라든가 하는 식으
로 불렀다. 나는 이름과 함께 따로 설명이 필요한 존재였
다. 어른들은 내가 알아듣기 힘든 사투리로 그 아이네 식
구 한 명 한 명을 거론하면서 안부를 물었고, 더하여 어젯

밤에나 일어났을 게 분명한 그 집의 최신 사건사고를 캐묻고는 논평하면서 기뻐하거나 혀를 차기도 했다.

하냥(함께) 가자, 라니? 한양에 가자는 소리인가? '비지락들은 복도로 나와!'의 비지락은 빗자루질을 담당한 청소 당번이라는 뜻이 아니라 중학교에 가지 않는 비진학이었다. 학생들이 애정 어린 톤으로 호칭 대신 쓰거나 말끝에 붙이는 시브랄년과 육시랄년의 뜻을 어머니에게 물어보았다가 욕을 배우고 다닌다고 꾸중을 들었다.

"욕은 상것들이나 쓰는 거다. 말을 함부로 하면 체통 떨어진다."

누구를 위한 체통? 누구에게 보여 줄 위신?

그때 어머니께 우리가 고향에 돌아온 게 맞느냐고, 그러니까 이제부터 진정한 인생이 시작되는 거냐고 물어봤어야 했을까? 아무튼 나는 고향에 돌아온 것 같지 않았다.

갑갑했다. 손오공이 머리에 씌워진 긴고아라는 고리 때문에 삼장법사의 손아귀를 벗어나지 못하듯, 내 머리에도 꽉 끼어 나를 옥죄는 한 사이즈 작은 모자가 씌워져 있는 것 같았다.

"모자에 챙을 왜 달아 놓는지 알아? 위를 쳐다보지 말고 챙 아래를 내려다보면서 살라는 뜻이야. 자기보다 어렵게 사는 사람들을 보면서 살면, 불만 같은 건 안 생기는 거야."

중학교 입시가 없어졌다. 추첨제가 되었다. 내가 배정된 중학교는 '현모양처가 될 규수(?)'들을 길러 내는 명문임을 자랑해 온 터라, 입시를 치르지 않고 합격한 우리를 예비소집 때부터 대놓고 뺑뺑이라고 부르면서 학교의 미래를 걱정했다.

그 학교에는 유서 깊은 도서관이 있었다. 강당 뒤 작은 숲속에 연못과 분수가 있고 그 옆에 도서관 건물이 별채로 있었다. 서고를 별도로 두었을 정도로 장서가 많고 규모가 컸다. 입학 안내문에는 자랑스러운 모교의 도서관을 발전시키기 위해 입학금을 납부할 때 책값을 같이 내거나 책 한 권을 기증해야 한다고 쓰여 있었다. 집 안을 뒤졌더니 검은 색 하드커버 책이 나왔다.

헤르만 헤세의 소설 《데미안》.

주인공 소년은 이질적인 두 세계 사이에 끼어 갈등한다. 거칠고 험악한 정글 같은 거리와 교양과 신앙이 넘치는 온화한 가정. 거리의 위협을 가정의 보호로는 해결할 수 없다는 걸 알게 되면서 주인공의 고뇌는 깊어진다. 보호막 구실을 하지 못하는 가정이란 울타리는, 개인을 억압

하고 가두는 감옥에 지나지 않는 것이다. 그는 자신이 어디에도 속할 수 없다고 느끼면서 인간이란 혼자 이 세상에 내던져진 존재임을 깨닫는다.

당시 나도 그처럼 낯설고 끼어들 수 없는 풍경 속에 내던져져 어찌할 바를 모르고 있었다. 소설에서와 달리 나를 이끌어질 데미안 같은 선구자, 동네 형은 없었다. 나 스스로 길을 찾아야 했다. 여기가 아닌 어딘가에 진정한 내 인생을 펼쳐지는 곳이 있을 것이다. 아니, 그런 곳이 반드시 있어야 했다. 어떻게 사람이 영원히 혼자이도록 저주받을 수 있겠는가. 여기가 아니라면 다른 어떤 곳, 불안이나 두려움 없이, 거리낌 없이 섞여 들어 살아갈 수 있는. 진정한 내 모습 그대로 받아들여지며 살아갈 곳은 있어야만 했다.

중학생이 되고 나서도 나는 여전히 어렸던지, 한동안은 신의 섭리 같은 걸 믿고 있었다. 진정한 인생은 신의 의지가 작동하고 있는 공정한 곳에 있을 거라고. 아마도 세상이라는 게 선의로 가득 찬 친절한 담임선생이 공정하게 운영하는 교실 같은 곳일 거라고 여겼던 모양이다. 지금은 비록 그렇지 않지만 훗날 공평무사한 담임선생이 나타나기만 한다면, 그러면 나도 진정한 내 인생을 살 수 있을 거라고.

권혜수

1983년 《소설문학》에 단편이 당선되고, 1987년 여성동아 장편소설 공모에 《여왕선언》이 당선되었다. 연이어 중편 두 편이 KBS 문학상을 받고, 오랜 시간이 지난 2007년 SBS 특집드라마 공모에 당선되었다.

한때는 '프랑소와즈 사강'을 꿈꾸었다. '낙양의 지가'를 올리는 오진 꿈도 꾸었다. 그러나 인생이 그러하듯 문학도 지리멸렬, 작가라는 정체성이 궁색할 정도로. 요즘 새삼 생각한다. 나는 글을 쓰고 싶은 것인가. 작가가 되고 싶은 것인가. 어쨌든 죽을 때까지 쓰는 것으로 나 자신과 손가락을 건다.

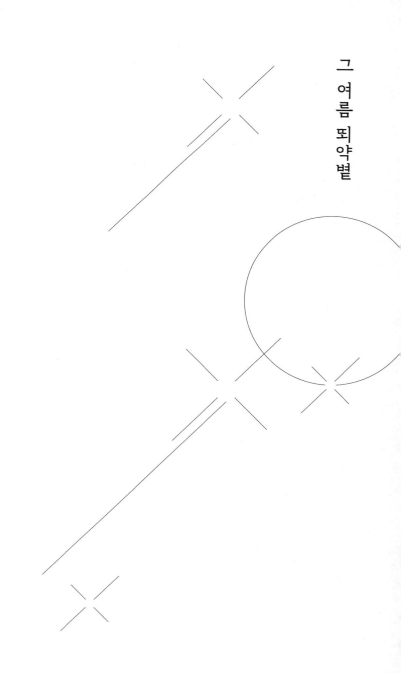

그
여름
뙤약볕

누구도 가 본 적이 없는 길을 가야 하는 아침, 나는 여느 때처럼 일찍 일어나 세수를 하고, 머리를 단장하고, 당의를 갖춰 입었다. 타락죽(우유죽)에 호박조치로 아침 식사 전의 초조반상을 받았다. 누가 봐도 내 행동은 담백했다.

상을 물리고 혼자가 되자 나는 호흡을 단전에 모았다. 장차 내가 해야 할 말과 생각을 그러모으기 위해 혼연 집중을 했다. 순간이라도 몰입의 끈을 놓으면 상념은 사정없이 들이쳤다.

내가 가는 이 길 끝에 무엇이 있을지는 생각하지 말아야 했다. 나는 오직 가야만 했다.

이윽고 나는 단호하고 간결하게 자리에서 일어났다. 그리고 임금을 뵙기를 청했다.

윤오월 열사흘, 오랜 봄 가뭄 끝에 내린 비로 궐 안의 개울물들은 한껏 부풀어 있었다. 아직 흙탕물을 완전히 씻어 내진 못했지만, 그 위의 하늘은 오랜만에 말갛게 씻기어 청아하게 맑았다. 한더위 기운을 품은 햇볕은 올이 도타울 대로 도타워 아침부터 눈이 부셨다. 눈 가는 곳마다 천지의 기운은 푸르고, 푸르고, 푸르렀다. 나는 이날의 이 모든 풍경을 또렷하게 기억했다. 마당에 발을 내릴 때 느닷없이 양덕당 위로 무리 지어 날아든 까마귀들의 날카로운 울음소리까지도.

이 시각 이후의 풍경은 어제의 풍경과 다르고 방금 전의 풍경과도 다를 것이다.

오후 서너 시 무렵, 임금이 느닷없이 밧소주방의 뒤주를 들이라 한다는 소식이 전해졌다. 왜 뜬금없이 뒤주이고, 뒤주를 누가 발의했는지는 생각할 겨를이 없었다. 분명한 것은 오늘 아침 임금에게 스물여덟 살 조선의 세자인 아들의 죽음을 청할 때 내가 생각한 어떤 죽음의 방법에도 뒤주는 없었다는 것이다.

오 년 전 돌아간 정성왕후의 신주를 모신 창덕궁 휘령전에서 임금과 세자는 세자의 죽음을 놓고, 정확하게 죽음의 방법을 놓고 비정한 대치를 했다.

임금은 세자에게 '네가 자결하면 조선 세자의 이름은 잃지 않을 것'이라며 자결을 요구했다. 세자는 과연 제게 죽을죄가 있는지 모르겠다고 저항했다. 다시 임금은 죽어라 했고, 세자는 그럼 죽겠다, 했다. 그러나 세자의 자결 의지는 번번이 신하들에 의해 좌절됐다. 자결도 뜻대로 되지 않자, 차라리 절해고도에 유배를 보내 달라고 아들은 절규

했다.

"소자 손으로 옷을 입고, 소자 손으로 밥을 해 먹겠습니다. 소자 손으로 땔감을 해서 군불을 지필 것입니다. 읽고 싶은 책을 읽고 그림을 그릴 것입니다. 아바마마의 아들, 아니 전하의 액받이, 전하의 귀 씻을 물, 전하의 양칫물받이가 아닌 사람으로 한번 살아 볼 테니 차라리 유배를 보내십시오."

"저 말하는 것 좀 들어 보아라. 흉악하기 짝이 없구나. 자결하라!"

분노한 임금은 칼을 바닥에 두드리며 아들에게 계속 자결을 명했다.

"너를 살리고 내가 죽으랴. 내가 죽으면 삼백 년 종묘사직이 망한다. 네가 죽으면 종사는 보존할 수 있으니 네가 죽어야 한다. 내가 너 하나를 베지 않고 종묘사직을 망하게 해야겠느냐?"

끈질기게 자결을 명하는 임금의 분노는, 분노 그 자체보다 아들이 자결을 해야 정리할 수 있는 많은 정치적 함의를 내포하고 있었다.

"차라리 아바마마께서 저를 칼로 치십시오."

"내가 못 할 줄 아느냐?"

임금이 칼을 들고 자리를 박차고 일어났다. 시강원 관료, 승지, 사관들이 황망히 임금을 막고 엎드렸다.

임금이 가슴을 쳤다.

그러다 느닷없이 뒤주를 들이라 한다는 말을 들었을 때 나는 일면 안도했다. 임금은 아들을 진정으로 죽일 뜻이 없음이 분명했다. 신료들은 어쩔 수 없이 이 다급한 상황을 말릴 것이고 임금은 세자를 가두는 시늉만 했다가 정말 먼 고도에 유배를 보내는 그림을 머릿속에 그리고 있을지도 몰랐다. 그렇지 않고서야 이 비장한 판에 어인 뒤주인가 말이다.

"세자의 병이 점점 깊어, 소인이 차마 이 말씀을 사람의 정리로는 못 할 일이오나……. 성궁을 보호하옵고 세손을 건지와 종사를 평안이 하옵는 일이 옳사오니 대처분을 하오소서……."

"……영빈은 나보다 무서운 사람일세."

내 주청을 들은 임금이 이윽고 무겁게 뱉은 한마디였다. 그러나 그의 행동은 일고의 지체도 없었다. 그는 자리를 박차고 일어나 창덕궁 거둥령을 내렸다.

그런 임금의 행동에 나는 아뜩했다.

'영빈은 나보다 무서운 사람일세.'

아들을 죽이라 주청한 일보다 임금의 그 한마디가 나는 더 무섭고 외롭고 막막했다. 임금도 아들에게 뭔가 대처분을 내려야 한다고 생각하고 있었다. 내 청은 그 결단에 큰 원군이 되었을 것이다. 그러나 그는 결코 그런 내색을 하지 않았다. 그는 치밀한 성격이었다.

방문을 나가다 말고 임금이 한마디 더했다.

"누구도 말하지 못한 것을 영빈은 말했소. 우리의 대의는 의로써 애통을 절제하는 것이오. 영빈이 죽으면 내 영빈의 시호를 의열이라 할 것이오."

아들을 죽이라 하고 받는 훈장이 의열이라.

뒤주는 아들의 참회를 이끌어 낼 절묘한 도구일 수 있었다. 먹는 것 좋아하고 기혈과 골격이 장대한 아들에게 음식을 먹지 못한다는 건 무엇보다 큰 고통일 것이었다. 화증이 있는 아들에게 뒤척일 수도 없는 좁은 뒤주는 역시나 고문일 것이었다. 경서보다 잡서를 좋아하고 세자라는 옷이 도무지 맞지 않았던 불경의 영혼도 좁고 어두운 뒤주를 통해 심기일전할 수 있을지 몰랐다.

억겁 같은 시간에도 마당에는 땅거미가 내렸다. 내

운명의 자리에 꼼짝없이 박혀 앉아 나는 아비가 아들의 관 위에 못질하는 소리를 들었다. 아침, 경희궁에서 나도 임금을 뒤따라 창덕궁으로 내려왔다. 아들이 갇히는 그 순간에 주위에는 며느리도 있었고, 세손도 있었고, 내관에 내인들도 있었지만 나는 홀로였다. 침묵 속에 홀로 앉아 내 운명을 좌면우고하고 근신하는 일에 나는 익숙했다. 내가 가장 잘하는 삶의 자세였다. 나는 그렇게 나를 지켜 왔다. 급하고, 예민하고, 화 잘 내고, 변덕이 심한 임금은, 영빈을 보면서 내 화증을 더러 가라앉히고 있소, 하고 말할 정도로 내 침착함을 높이 평가했다.

사이가 안 좋았던 첫 왕비 정성왕후가 죽고 예순여섯에 열다섯 살의 어린 왕비를 들인 뒤에도 임금은 나를 한결같이 믿고 찾았다. 임금의 성정으로서는 드문 일이었다. 한 번도 임금을 사사로이 남편으로 대해 본 적은 없지만 나는 그와 1남 6녀를 낳았다.

임금은 직접 폐세자 반교를 내렸다.

일이 돌이킬 수 없는 곳으로 흘러가고 있었다. 세자에게 뒤주에 들어가라고 했을 때 내 안도와 달리 임금은 세자를 살려 둘 마음이 전혀 없었음이 속속 드러났다.

며느리는 폐세자 죄인의 아내가 되어 친정으로 나갔다. 세손도 함께 나갔다. 슬픈 운명으로도 돌아갈 자리가 있는 자는 행복하다. 며느리의 친정아버지 좌의정 홍봉한은 딸을 극진히 위로했을 것이다. 나는 아들의 죽음을 주청한 패도의 어미였고, 며느리는 그 죽음에 수동적인 피해자였다. 며느리는 스스로를 위로할 수 있었고, 위로를 받을 수도 있었다. 식음을 폐하고, 눈물을 흘리고, 목숨을 끊어 보겠다고 몸부림을 칠 수도 있었다. 그러나 나는 울 수도, 죽을 수도, 나를 위로할 수도, 변명할 수도 없었다. 나를 잃고 혼절할 수도 없었다. 나는 며느리가 떠난 자리에 오직 홀로 앉아 내 아들을 끌어안아야 했다.

뒤주는 휘령전에서 선인문 안뜰로 옮겨져 임금의 눈과 백여 명의 군사들에 에워싸여졌다. 선인문은 폐위된 연산군이 끌려 나간 죽음의 문이었다.

그 날, 임금은 윗대궐로 돌아가지 않았다.

다음 날도 임금은 돌아가지 않았다.

임금은 상찰민속한 성격이었다. 하는 일이 재빠르면서도 치밀했다. 그 성격답게 후속 조치도 민첩했다. 세자를 모셨던 환관과 세자가 불러들인 여승, 평양 기생 다섯

명이 참형을 당했다. 일찍이 세자에게 피살된 궁녀와 환관들에게 휼전을 내리는 조치까지 했다.

임금은 뒤주 아래 있던 작은 구멍도 막으라 명했다. 군사들이 음식과 물을 그리로 넣어 주었기 때문이다. 뒤주 한쪽에 돌을 괴게 하고 뒤주를 흔들어 보기 쉽게 했다. 뒤주 안 아들의 기척을 살피기 위해서였다.

선인문 안뜰과 뒤주 위에 사정없이 뙤약볕이 내리쪼였다.

신원해야 한다. 나는 몇 번이나 임금을 찾아가 아들을 신원해야 한다고 생각하면서도 번번이 뙤약볕에 막혀 주저앉았다.

이레 전 저 햇볕과 나는 무슨 약속을 했던가. 봄 가뭄이 여름까지 이어지자 임금은 침전에 상황판까지 걸어 놓고 가뭄 현황을 살폈다. 나라에 재난이 있을 때마다 임금은 촛불 아래서 밤을 새우곤 했다. 이번 가뭄에도 그는 잠을 이루지 못하고 전전반측했다.

마침내 임금은 종묘에 나가 기우제를 지냈다.

임금이 자신의 부덕을 하늘에 고할 때 나는 나만의 축원에 매달려 있었다.

'의로써 은혜를 절제해야 하는 제 뜻이 하늘에 합당하

다면 사흘 안에 비를 내리소서.

의로써 은혜를 절제해야 하는 제 뜻이 합당하다
면……. 사흘 안에 비를 내리소서.'

시중에는 세자에 대한 흉흉한 소문이 돌고 있었다.

얼마 전 화완으로부터 나는 더 충격적인 말을 들었
다. 이 충격적인 말이 없었다면 나는 아들의 죽음을 더 미
루고 숙고했을지 모른다.

비를 청해 놓았지만 내 기도는 순간순간 갈 바를 잃
고 흔들렸다. 나는 비가 오지 않기를 바랐고, 다시 오기를
빌었고, 오지 않기를 빌다 다시 오기를 염원했다. 이것도
염원하고 저것도 염원했다. 나중에는 무엇을 염원하는지
도 갈피를 잃었다. 그저 염원했다. 그런데 비가 왔다. 내 기
도를 기다렸다는 듯 사흘을 넘기지 않고 비가 왔다. 하루
하고 반나절을 내린 흡족한 비였다. 의로써 은혜를 절제해
야 하는, 내 뜻은 천명이 되었다. 차라리 편안했다. 천명이
고, 하늘의 뜻인데 이 뜻을 거역하고 어디로 돌아갈까. 무
엇을 더 갈등할까. 게다가 세자는 내 뜻이 천명임을 한 번
더 확인시켜 주었다. 열하루와 열이틀 밤사이 칼을 차고
군사들을 거느리고 밤중에 물길을 뚫고 윗대궐로 가다 되
돌아온 것이다. 뒤주에 갇히기 하루 전 일이었다.

'칼로 베어 버리겠다. 아무나 칼로 베어 버리겠다.'

평소에 세자가 하던 무서운 말이었다.

그 아무나, 는 바로 임금이자 아버지였다.

임금이 될 수 없는 왕자는 항상 죽음에 노출되어 있
다. 앞으로 나아갈 수도 돌아설 수도 없이 막막했던 왕자
시절은 물론, 왕 위에 오른 뒤에도 이인좌의 난 등으로 신
변의 위태로움을 넘어야 했던 임금은 죽음과 반역에 대해
서 무엇보다 민감하고 단호했다. 열한 살에 혼인을 하고
열아홉 살에 궁을 나가 사가에 머무를 때는 집을 구하지
못해 직접 집을 지어야 했고, 왕자가 뒤따라오는 것을 알
면서도 길을 비켜 주지 않는 대신들의 수모를 겪어야 했
다. 임금은 그 수모를 잊지 않았다. 왕위에 오른 뒤에도 그
의 곤고한 젊은 시절을 알고 있는 대신들은 내심 그를 능
멸했다. 임금은 그것도 알고 있었다. 그는 끊임없이 공부
했다. 공부하고 또 공부했다. 그것으로 그는 신하들을 제
압했고 신하들에게 스승 같은 임금이 되었다.

그러나 군왕으로서의 자신감과 안정을 가진 뒤에도
각심이의 아들이라는, 미천한 출생에 대한 그의 날카로운
열등감은 사라지지 않았다. 골수에 든 재앙이었다.

게다가 이복형인 선왕 경종을 독살했다는 소론의 의혹까지 늘 그를 따라다녔다.

어떤 이는 나를 아주 무정하고 정치적 감각이 뛰어난 여인이라고 말한다. 내게는 세 가지 생각밖에 없었다. 임금의 옥체와 종사를 보존하고 세손을 보호하는 것이었다. 아들이 살아 있다면 그 모든 게 위험했다.

그러나 내가 가장 깊이 생각한 건 임금에게 먼저 아들을 죽이라 청함으로써 아들을 살릴 길이 있을지 모른다는 막연함이었다. 아비에게 아들을 죽이라고 청할 수밖에 없는 어미의 마음을 헤아려 임금이 뭔가를 해 주기를 바랐다. 아들을 궁궐 깊숙이 유폐시키거나 귀양을 보내는 일 같은 것이었다.

이제 아들을 살릴 길은 없었다. 그래도 나는 꿈을 꾸었다. 아들을 구하러 어느 누가 오리라. 뇌성벽력을 일으키며 북방에서든 남방에서든 홀연 어느 누군가 오리라.

사흘째 날 정오 무렵에 세자가 뒤주 문을 박차고 나갔다는 급한 소식이 들렸다. 북방이나 남방의 누군가가 아니라 세자가 스스로를 구하기 위해 탈출했다는 것이다. 나는 벌떡 일어섰다. 일어섰을 뿐, 그러나 무엇을 해야 할지 몰랐다. 도로 주저앉을 것 같은 다리를 간신히 지탱하며 나는 필사적으로 무언가를 생각하려 애썼다. 내가 할 일, 내가 해야 할 무엇이 있을 것 같았다. 궐 안은 군사들의 숨 죽인 고함과 발소리로 어지러웠다. 쫓고 쫓기는 숨바꼭질이 이어졌다. 막막했던 나는 섬광처럼 떠오른 한 생각에 서둘러 장롱문을 열었다.

활짝 열린 선인문을 향해 나는 걸음을 옮겼다. 아들이 생사를 걸고 달아나는 순간에 어미인 내가 할 수 있는 일이란 그것밖에 없었다. 아비도, 어미도, 조선의 세자도, 자신을 옭아맸던 모든 차꼬와 사슬을 벗어 던지고 나는 아들이 훨훨 달아나는 모습을 보고 싶었다.

문을 막 벗어났을 때 산발에 흰 무명옷, 맨발로 쫓기던 아들의 모습이 내 앞에 나타났다. 아, 나는 눈을 감았다. 달아나고 달아나도 결국 죽을 골로 달아나고 있는 저 발. 아들의 무명옷은 피투성이에 흙투성이였다. 자결하려고 땅을 찧었던 이마에는 피가 검붉게 응고되고, 뛰느라 상기된 얼굴은 검붉었다. 아들이 멈칫 나와 마주 섰다. 나를 바라보는 아들의 눈이 원망과 분노로 이글댔다. 아들의 눈이 실제 무엇을 말하고 있었든, 나는 그렇게 생각했다. 군사들의 어지러운 발소리가 다가왔다.

'도망가라. 도망가라. 어디든 가서 살아만 있어 다오. 선아, 선아, 내 아들 선아!'

그러나 아들은 나를 바라보는 채 꼼짝도 하지 않았다. 분노로 이글대던 아들의 눈이 가뭇해지며 갑자기 처연한 슬픔이 어렸다. 다시 아들의 양팔은 군사들의 손에 휘어 잡혔다. 아들은 잠시 고개를 떨어뜨렸다.

"놓아라. 내가 들어가겠다."

낮은 음성은 간결했다.

양팔을 잡힌 채 아들이 뒤주를 향해 걸었다. 가는구나, 저 아이가 제 발로 뒤주를 향해 가는구나. 아들의 고통은 아득했고 그 아이의 뒷모습을 바라보고 선 내 모습만이 내 것이었다. 아들이 떠난 뒤의 저 막막한 햇볕 속을 어이 디뎌 나갈까. 저 산더미로 밀려오고 있는 무망의 시간을 어이 견뎌 나갈까. 내 울부짖은들 하늘에서든 땅에서든 누가 들어줄까.

갑자기 뙤약볕의 농밀한 공기를 산산이 부서뜨리며 뇌성벽력이 쳤다.

"죄인을 속히 가두어라!"

소식을 기다리고 있던 임금이 아들이 뒤주에 들기도

전에 안뜰에 나타났다.

　뒤주 앞에서 아들의 두 다리가 휘청 꺾이는 듯했다. 군사들의 팔에 의지해 간신히 몸을 세운 아들이 고개를 돌려 나를 보았다.

　"……들어가세요, 어머니. 이제 다 끝났습니다."

　"뭣들 하느냐! 속히 죄인을 가두어라!"

　다시 벽력이 쳤다.

　임금은 뒤주 사방에 판자를 덧대 틈과 구멍을 막고 밧줄로 묶은 뒤 그 위에 다시 무거운 풀 더미를 덮었다. 아들의 모든 숨구멍이 막혔다.

　나를 만나지 않았다면 아들은 도망갈 수 있었을까. 먼먼 어느 산골짜기, 어느 절해고도에 스스로 유폐되어 제 손으로 군불을 지피고 고기를 잡고 좋아하는 개를 그리고, 좋아하는 소설을 읽으며 살 수 있었을까. 그 이전에 내가 임금에게 주청을 하지 않았다면 아들은 살 수 있었을까.

　내가 두 번 아들을 죽였다. 종사와 임금을 위해서라는 애초의 대의는 자취도 없이 가뭇해지고 오직 아들을 죽인 어미로서의 회한만이 나를 괴롭혔다. 후회는 밤새 벼락처럼 몸에 꽂혔다 빠졌다, 다시 내려치기를 거듭했다. 그

것은 마치 생물 같았다. 성난 허리를 곧추세우고 살아서,
살아서, 내 온몸을 휘돌고 질주하고 저주했다.

　　여섯 살에 궁에 들어와 스물여덟에 승은을 입었다.
서른한 살에 숙의가 되었다. 이태 뒤에 귀인이 되었고, 다
시 이태 뒤에는 빈이 되었다. 후궁으로서 오를 수 있는 최
고의 자리였다. 내가 영빈이라는 이름을 얻었을 때는 선왕
경종의 왕비인 선의왕후의 발인이 막 끝난 때였다. 온 나
라가 국모의 죽음으로 상복을 입고 있는 때에 임금은 무엇
이 그리 급했는지 내게 최고의 지위를 부여했다. 대소 신
료들이 탄식했지만 임금은 막무가내였다. 그만큼 나에 대
한 사랑과 신뢰가 깊었다고도 할 수 있지만 그것이 임금
의 무서운 성격이었다. 예민하여 잠 못 이루고 전전긍긍하
는 것도 그의 남다른 성품이지만, 자신이 한 번 하고자 하
는 일에 대해서는 그것이 편벽된 일일지라도 눈을 감고 귀
를 막았다. 그리고 위로 옹주 넷을 낳고 마흔 살에 나는 세
자를 낳았다. 임금은 마흔둘이었다. 임금은 직접 내 곁에
서 출산을 지켰다. 이복형인 효장세자가 죽은 지 칠 년만
의 경사였던지라 갓 돌 지난 아이를 임금은 동궁으로 책봉
했다. 나는 다음 임금의 생모가 되었다.

그러나 나는 그 아이를 사사로이 사랑할 순 없었다. 아이의 운명을 나와 분리했다. 나는 공식적인 어머니의 자리를 중전에게 넘겼고, 백 일에 아들을 떼어 놓았다. 이로써 나는 아들과 나의 훗날을 도모하려 했다. 나는 어머니로서의 자애보다 신하로서의 엄격한 도를 아들에게 가장 먼저 지켰다. 결국 이것이 아들을 해쳤다. 세자가 죄를 지은 많은 부분이 외로움에서 나왔다는 걸 나는 한참 뒤에야 알았다.

어렸을 때의 아들은 영특했다. 두 살 때 이미 육십여 자의 한자를 써내는 비범함을 보였고, 세 살 때는 비단과 무명을 놓고 사치와 검소를 분별하여 무명으로 옷을 해 입겠노라고 했다. 하루빨리 아들을 임금으로 만들고 싶어 마음이 급했던 임금은 세 살 때부터 아들을 시좌케 하여 국정을 배우게 했다. 임금은 아들에게 자신의 결핍과 욕망을 모두 투사했다. 아들은 그의 결핍을 채워 주는 동시에 그의 기대를 충족시켜야 했다. 아들은 그가 밑그림을 그린 그대로 정으로 쪼고 끌로 다듬어 온전히 조선의 세자로 조탁해야 할 작품이었다. 자신을 능멸한 신하들에게도 아들은 자랑스러운 세자의 본보기가 되어야 했다. 할 수만 있다면 자신의 머리를 갈라 그 속에 있는 것을 다 아들에게 부어 주고 싶다고까지 임금은 말했다.

외곬의 사랑이 너무 깊었다.

다행히 어린 아들은 그 기미를 보였다.

그러나 임금이 기대를 할수록 나는 오히려 불안했고 분에 넘치는 복인가 하여 더욱 근신했다.

왕은 선대의 어떤 임금보다 자기 역할과 책임에 엄격했다. 자기를 철저히 관리했다. 그의 검소함은 남달랐다. 궁중의 상의원을 크게 줄였고, 여자들의 가체를 금지했으며, 궁궐 후원에 농사를 지었다. 자신에게 엄격한 만큼 그 기준을 주위 사람들에게도 요구했다. 나는 어렸을 때 이리 열심히 공부했는데 너도 이 정도는 해야 하지 않겠느냐는 말을 세자에게 자주 했다.

"음식은 한때의 맛이고 학문은 평생의 맛이다. 배부르면서도 체하지 않는 것은 오직 학문뿐이니라. 그리고 《한비자》에 이르기를, 현명한 군주는 한 번 찡그리고 한 번 웃는 것도 아낀다고 했느니라. 근신하고 근신하라. 알겠느냐?"

아들의 교육을 위해 그는 다섯 권의 책을 지었다.

그러나 관념적인 교육과 세자로서 아들이 살아야 하는 현실의 괴리에 대해서는 누구도 말하지 않았다. 비단이 사치라고 배우면서도 아이는 비단에 둘려 살아야 했고, 농사짓는 수고를 모르면서도 별미와 별식을 먹었다. 비단을 벗고 싶어도 벗을 수 없었고, 소박한 밥상을 받고 싶어도 그렇게 할 수 없었다. 제 손으로 옷을 입고 싶어도 그조차 할 수 없었다. 대님 하나도 제 손으로 매는 게 허락되지 않았다. 용변을 보고 뒤를 닦는 것조차 남의 손에 맡겨야 했다.

광해군이 뒷간에 가서 볼일을 보았다는 얘기를 듣고부터 아들은 뒷간을 사용했다. 그 자유는 오래가지 못했다. 임금께 문안 인사를 가자면 좌불안석이 되어 아들은 서너 번씩 뒷간을 드나들었다. 자연 문안이 늦어져 연유를 안 임금이 불같이 화를 내었다. 아들은 다시 매화틀에 앉았다.

뙤약볕 아래 숨구멍을 비틀어 막았어도 아들은 다음 날도, 그다음 날도 살아 있었다. 오늘이 며칠인가 묻기도 하고, 지금이 밤인지 낮인지도 물어본다고 했다. 밖에 있는 군사의 이름을 묻는가 하면, 시원한 제호탕이 먹고 싶

다고도 했단다. 그 꽉 막힌 길 어디로 바람이 들어가고 숨
길이 놓였을까.

　　나는 낮에는 아들이 있는 선인문 뜰을 향해 앉아 있
다가, 밤이면 짐승 같은 울음을 참느라 손바닥으로 입을
틀어막고 방 안을 헤맸다. 꺽꺽, 숨이 막혀 온몸이 경련을
일으켰다. 방바닥을 긁은 손톱 밑에 피멍이 들었다. 혹여
옅은 잠이라도 들라치면 거대한 어떤 손길이 내 숨통을 짓
눌렀다. 나는 그 손길을 떼 내느라 안간힘을 다해 발버둥
을 쳤다. 이렇게 죽을 수도 있겠구나, 이렇게 끝날 수도 있
겠구나, 싶었다. 그러나 나는 죽어서는 안 됐다. 살아야 했
다. 내겐 살아서, 시퍼런 가슴으로 살아서, 해야 할 일이 있
었다. 당장 아들의 시신을 거두어야 하고, 아들의 장례를
치러야 하고, 아들의 삼년상을 보아야 했다. 세손이 왕위
에 오르는 것도 내 눈으로 보아야 했다. 그리고 해마다 아
들이 떠난 뒤의 저 뙤약볕을 내 두 눈으로 보는 형벌도 치
러야 했다. 내 무덤에는 풀도 자라지 않아야 했다. 내 주검
은 황토로, 벌거벗은 황토로 누워 있어야 했다.

　　커 가면서 아들은 모든 면에서 아버지와 달랐다. 외
모부터가 달랐고, 행동이 민첩하지 못했다. 산만하여 경전

공부 같은 정적인 일에는 집중하지 못했다. 읽는 것보다 직접 글을 쓰고, 짓고, 그림 그리기를 좋아했다. 소식인 아버지에 비해 아들은 먹는 걸 좋아해 몸이 비대했다. 그 체격에도 잡기에 능해 칼을 쓰고 활을 쏘고 말달리기를 좋아했다. 무예에 대한 아들의 관심은 직접 무예서를 편찬하고 칼을 만들 정도였다. 중국소설의 여러 삽화를 베낀 그림책의 서문을 쓸 정도로 아들은 그림 그리기를 좋아했다. 아들은 수많은 잡서와 소설을 읽었다. 《삼국지》, 《수호지》, 《열국지》, 《서유기》, 《전등신화》에 《금병매》, 《육포단》 같은 괴이한 소설, 《성경직해》, 《칠극》 같은 서양 책도 있었다. 모두가 궁중에서 배척하거나 금기시하는 책들이었다. 귀신을 부린다는 《옥추경》까지 탐독했다.

　아들이 학문을 게을리하고 그 재능이 기대에 미치지 못하는 것을 알게 되면서 임금은 사사건건 아들을 꾸짖었다. 자기하고는 비교할 수도 없이 좋은 환경에서 아들이 어떻게 공부를 싫어하고 공부를 못할 수 있는지, 공부 잘하고 공부가 취미인 임금은 이해하지 못했다. 주눅이 든 아들은 임금이 묻는 말에 아는 것도 대답을 못하고 옷 하나 입는 것에도 무슨 나무람을 들을까 두려워했다. 언젠가 한번 옷을 단정히 입지 못했다고 꾸중을 들은 뒤 옷을 한 번 입으려면 열 벌 스무 벌이 필요했고, 아바마마가 이 옷은 꾸중을 안 하실까 저 옷은 어찌 보실까 전전긍긍했다. 열 살도 되기 전에 아들은 신하들처럼 몸을 옹송그려 아버지를 뵈었다. 그 무렵 어지럼증이 나타났는데 임금은 공부하기 싫은 꾀병이라고 무시했다. 그때 이미 몸에 이상 징후가 나타나기 시작했던 것이다.

미운 사람은 한없이 미워하고 사랑하는 사람은 또 한없이 사랑하는 게 임금의 편벽된 성격이었다. 좋지 않은 논의를 했거나 불길한 말을 들었을 때는 양치질을 하고 귀를 씻고 먼저 사람을 불러 한마디라도 말을 건네어 그 사람에게 좋지 않은 기운을 전가시킨 뒤에야 안으로 들었다. 그 대상이 아들이거나 옹주 화협이었다. 좋은 일과 나쁜 일을 할 때 출입문이 다르고, 편애하는 사람이 있는 곳에 사랑하지 않는 사람이 함께 있지 못하게 하고, 편애하는 사람이 다니는 길을 사랑하지 않는 사람이 다니지 못하게 하였다. 죽을 사(死) 자와 돌아갈 귀(歸) 자도 쓰지 않았다.

"우리 남매는 아바마마 귀 씻을 물이다."

아들과 화협은 마주 보고 서글프게 웃었다.

열다섯에 대리청정을 하게 한 뒤에도 저리한 일은 이리 아니 하였다 꾸중이고, 이리한 일은 저리 아니 하였다 꾸중이었다. 어떤 사안을 아들 혼자 결정하면 자기에게 취품하지 않았다 꾸중이고, 그래서 취품하면 그만 일을 혼자 결정하지 못하고 늙은 애비를 괴롭힌다 꾸중했다. 자상하게 무엇을 가르친 적이 없었다. 오히려 아들이 자신보다 나은 의견을 낼 때 더 화를 내기도 했다. 전염병이 돌거나 가뭄 같은 천재지변도 세자에게 덕이 없어 이러하다고 장탄식을 했다.

임금은 꺼림칙해서 맡기 싫은 사건은 모두 아들에게 맡겼다. 글 짓는 일을 좋아하는 만큼 아들은 과거장에 가 보고 싶어 했다. 그러나 임금은 동짓달과 섣달에 사형 죄수 심리할 때는 꼭 아들을 곁에 앉혔지만 과거장 같은 좋은 곳에는 한 번도 데리고 나가지 않았다.

아들은 미쳐 갔다. 괴물이 되었다.

날카롭고 강한 아버지에게 주눅 든 아들은 자기보다 약한 사람의 생명에 손을 댔다. 내관을 죽이는 것으로 시작해 가장 사랑하던 후궁을 죽였고, 그 아들도 죽이려 했다. 마지막에는 땅을 파고 혼자 들어앉았다. 일부 신료들은 그곳을 차마 말하지 못하는 것, 즉 임금을 묻으려 했다고 음해했지만, 아들은 그 땅속을 아버지를 피해 혼자 울

수 있는 곳이라고 했다.

　그러면서도 아들은 아버지의 사랑을 간절히 바랐다. 한 번만 칭찬해 주기를, 한 번만이라도 따뜻한 눈길을 주기를.

　나는 그 말을 아들로부터 직접 들었다.

　"마마, 어찌 그리 마음이 상하셨습니까?"

　"아바마마께서 사랑치 않으시니 서럽고, 매양 꾸중만 하시니 무섭고, 소자 못난 것이 화가 되어 그러하옵니다. 심화가 나면 사람을 죽이거나, 닭 짐승이라도 죽여야 마음이 가라앉사옵니다."

　세손이 태어나면서 그 세손이 할아버지처럼 뛰어난 제왕의 자질을 보이자 아들은 영원히 그 기회를 빼앗겼다.

　아들은 승녀를 궁으로 들이고 평양에서 기생을 데려왔다. 창덕궁 후원이나 통명전에서 잔치를 베풀면 내관의 아내들과 뭇기생들까지 불러들여 잡되이 섞여 놀았다. 밤이 깊으면 위아래 없이 상 위의 음식을 그대로 늘어놓은 채 뒤엉켜 잤다. 그 잔치 자리에 아들은 자주 화완을 불러 곁에 있게 했다. 화완은 임금이 가장 사랑하는 딸이었다.

　"아바마마가 사랑하시는 것들도 어떻게 하고 싶습니다."

아들은 끝내 임금이 가장 사랑하는 딸이자 여동생인 화완에게까지 몹쓸 일을 했다.

아들이 남달리 음식을 탐한 것도 생각해 보면 일종의 병증이었던 셈이다. 임금으로부터 꾸중을 들을 때마다 아들은 폭식을 했다. 임금은 아들의 몸을 두고도 신하들 앞에서 드러내 놓고 조롱했다.

"저 배 좀 봐라. 공부는 안 하고 그렇게 식충이같이 먹어만 대니 배가 저렇게 나오지. 내일이면 옥동자 하나 낳겠다."

윤오월 열아흐레, 마침내 임금은 환궁을 했다. 아들이 갇힌 지 이레째 되는 날이었다. 더 이상 아들로부터는 아무런 기척이 없었다. 아들의 죽음은 확실해졌다. 아들의 마지막 말은 군사가 뒤주를 흔들자, 흔들지 마라 어지럽다, 였다고 했다. 윗대궐로 가면서 임금은 마치 전쟁에서 이긴 장수처럼 개선가를 울렸다.

다음 날은 날씨가 요동을 쳤다. 신시 무렵, 쨍쨍하던 하늘이 갑자기 캄캄해지더니 천지의 빛이 사라졌다. 빛이 사라진 자리에 폭우가 쏟아졌다. 천둥이 빗줄기를 때리고 번개가 번쩍번쩍 하늘을 갈랐다. 천지의 요동은 한 시간 이상이나 계속됐다. 마치 세상의 마지막이 오는 것 같았다. 나는 서서히 죽어 가던 아들의 생명이 이때 완전히 끊어졌다고 생각했다. 천둥 번개를 무서워 한 아들을 천둥 번개가 받아안았다고 생각했다.

유시 무렵에는 거짓말처럼 비가 그쳤다.

술시 무렵, 더는 어쩔 수 없는 지경이 된 것 같다는 보고가 임금에게 올라갔다. 그러나 의심이 많고 치밀한 임금은 뒤주를 하루 더 두라고 명했다.

만 여드레 만에 뒤주가 열렸다.

그날 아침, 나는 여느 때처럼 세수를 하고, 머리를 단장하고, 옷을 갖춰 입고, 무리죽에 나박김치가 오른 초조반상을 받았다. 아침 식사는 들이지 말라 했다. 뒤주가 있는 선인문을 향해 앉아 소식이 오기를 기다렸다. 어떤 가망도 기대도 사라지자 차라리 마음이 평온했다. 일찍 떠오른 해는 사시 무렵에는 벌써 열기를 내뿜었다. 오시 즈음에 이내관이 들어와 뒤주가 열리고 있다고 전했다. 나는 일어났다. 급히 일어나는 바람에 잠깐 어지러움으로 눈앞이 아뜩했다. 허리를 곧추세웠다. 걸음 하나하나에 혼신의 힘을 집중했다. 김상궁이 내 팔을 부축했다. 선인문 안뜰은 햇볕, 온통 눈을 찌르는 뙤약볕이었다. 그 뙤약볕 아래 아들이 누워 있었다. 풀 더미를 내리고 밧줄을 끊고 덧댄 판자들을 뜯어내고 뒤주를 해체해서야 아들의 시신을 꺼낼 수 있었다. 내가 달려갔을 때 아들의 시신은 해체한 뒤주 안에서 웅크려 앉았던 그 자세로 모습을 드러내고 있었다.

아들의 얼굴은 이승의 색깔을 완전히 벗어 햇볕에 오래 바랜 광목 같았다. 그 비현실적인 색깔에 나는 일순 멈칫했다. 날짜로는 아흐레를 구부려 있었던 아들의 두 다리는 굴신이 되지 않았다. 아들의 아랫도리는 오물로 흥건했다. 배설된 오물에 이미 시신에서 나는 냄새가 뒤섞였다. 생명을 떠나보낸 뒤에도 아들은, 손톱이 뽑혀 나갈 정도로 피멍이 든 양손에 낭도(囊刀)와 부채를 꽉 쥐고 있었다. 낭도는 칼집도 뽑지 않았다. 반으로 접힌 부채에는 뭔가를 담아 마신 듯한 누런 자국이 선명했다. 낭도는 노리개로 옷고름에 차라고 아들이 내게 만들어 준 것이었다. 나는 그 장도를 한 번도 차지 않았고 아들이 보고 싶은 밤이면 혼자 꺼내 보곤 했다. 부채도 아들이 직접 그림을 그려 만들어 주었다.

아들이 뒤주를 뛰쳐나온 날, 나는 아들 앞에 생명과

죽음을 함께 놓았다. 칼로 쳐서라도 아들의 고통이 빨리 끝나기를, 부채로 바람을 일으켜서라도 하루라도 더 살아 있기를. 그 어느 것이 되든 나는 염원하고 또 염원했다. 아들은 끝내 가망 없는 희망을 선택했다.

나는 아들 위에 엎드려 아들을 안았다. 누군가 칼과 부채를 거두려 했다. 나는 그 손길을 제지하고 아들의 상체를 안아 올렸다. 얼굴을 쓰다듬고 볼을 비볐다.

강보에 싸인 아들을 쓰다듬고 안아 본 뒤 몇 년 만인가. 비록 싸늘한 주검이었지만 그 순간 나는 행복했다. 나를 통해서 왔으나 내 것이 아니었던 아들. 이제 아들은 온전히 나만의 것이었으니까. 편벽된 아비도, 조선의 세자도, 노론도, 소론도, 종묘사직도, 그 누구, 그 무엇도 빼앗아 갈 수 없는 오직 나만의 아들이었다. 이제 나는 아들이 매일 어디에 있는지 알고 있다. 더 이상 외로워서 죄를 짓는 일이 아들에겐 없을 것이다.

나는 아들의 가슴을 잠투정하는 아이 어르듯 토닥토닥 두드렸다. 강보에 싸인 그 아기 때처럼. 그래, 아가야. 우리 함께 자자. 잠결에 재미있는 것이라도 본 듯 아들의 얼굴에 엷은 미소가 떠올랐다. 그 미소는 마치 이제 나는 자유라고 선언하는 것 같았다.

나는 아들의 혼이 이승의 모든 고뇌를 벗고 훨훨 하늘로 날아오르는 것을 보았다.

별 사이를 산책하기
_여성동아 문우회 앤솔러지

ⓒ 유덕희, 박재희, 유춘강, 한수경, 이남희, 권혜수 2022

발행일 초판 1쇄 2022년 7월 27일
지은이 유덕희, 박재희, 유춘강, 한수경, 이남희, 권혜수
편집 김유민
디자인 이진미
펴낸이 김경미
펴낸곳 숨쉬는책공장
등록번호 제2018-000085호
주소 서울시 은평구 갈현로25길 5-10 A동 201호(03324)
전화 070-8833-3170 **팩스** 02-3144-3109
전자우편 sumbook2014@gmail.com
홈페이지 https://soombook.modoo.at
페이스북 /soombook2014 **트위터** @soombook **인스타그램** @soombook2014

값 13,000원 | ISBN 979-11-86452-82-0